그 많던 꿈 어디로 갔을까?

그 많던 꿈 어디로 갔을까?

초판 1쇄 인쇄일   2019년 2월 22일
초판 1쇄 발행일   2019년 2월 27일

지은이   고환택
펴낸이   최길주

펴낸곳   도서출판 BG북갤러리
등록일자   2003년 11월 5일(제318-2003-000130호)
주소   서울시 영등포구 국회대로72길 6, 405호(여의도동, 아크로폴리스)
전화   02)761-7005(代)
팩스   02)761-7995
홈페이지   http://www.bookgallery.co.kr
E-mail   cgjpower@hanmail.net

ⓒ 고환택, 2019

ISBN 978-89-6495-132-3 03810

이 도서의 국립중앙도서관 출판시도서목록(CIP)은 e-CIP홈페이지(http://www.nl.go.kr/ecip)
와 국가자료공동목록시스템(http://www.nl.go.kr/kolisnet)에서 이용하실 수 있습니다.
(CIP제어번호 : CIP2019005568)

그 많던 꿈
어디로 갔을까?

– 철든 남자의 랩소디

고환택 지음

BG 북갤러리

그 많던 꿈 어디로 갔을까? 1

'잃어버린 꿈을 찾습니다'라고 광고라도 내고 싶은 심정이다. 한 때는 밥은 굶어도 꿈은 굶지 말자고 큰소리를 쳤는데 지금은 목소리에 자신감이 없어졌다.

20대, 청춘의 햇볕이 너무 좋아 멋모르고 세상을 살았다. 그러다 불쑥 찾아온 30대, 벌써 서른, '서른이란 나이의 택배'가 되자마자 포장지마저 뜯기가 겁이 났다. 포장을 뜯는 순간 정신이 바짝 났다. 나도 모르게 '이제 내 인생은 내가 책임질 나이구나'라는 생각을 처음으로 하게 되었다. 많이 늦었지만 그제야 꿈에 대한 관심을 갖게 되었다.

무슨 꿈을 가질까? 얼마나 큰 꿈을 가질까? 사실 그때까지만 해도 '이왕 가질 꿈 남이 비웃을 정도의 꿈을 가져보자'라고 생각하고 '꿈 부자'의 길을 가고자 했다. 군사부일체(君師父一體), 즉 임금과 스승과 아버지의 은혜는 다 같다는 뜻을 몽사부일체(夢師父一體)로 단어까지 바꾸면서 '〈꿈〉은 스승과 아버지의 은혜와 똑같다'라고 생각했다.

'열심히 도전하다가 안 되면 라면 먹지 뭐……'라는 배짱도 있었고, 어떠한 시련과 어려움이 있더라도 뜻한바 '도전의 끈'만큼은 놓지 않으려는 생각을 품었다. 하지만 사회라는 파도(?)에 몇 차례 이리 치이고 저리 치이는 충돌 과정을 겪으며 자신감이라는 동력이 사라지고, 그 많던 꿈이 점점 침식되어 가고 있음을 나 자신도 눈치채지 못하며 살고 있었다.

'꿈의 실종은 푸석푸석한 삶을 만들어주는 지름길이다.'
그런데 그걸 모르고 지금까지 멍하니 바라봤으니 한심하다.
'꿈의 실종으로 인한 삶의 경직은 무엇으로 보상받나?'
'젊은 날의 그 많던 꿈과 열정은 다 어디로 숨었을까?'

한계를 뛰어넘으려는 생각과 신분상승을 위한 가능한 노력을 다하기보다는 나도 모르게 비관과 부정의 밥을 먹고살았던 나에게 적잖은 실망을 했다. 불가능의 벽을 두들겨 깨고, 두려움의 강을 건너보려는 의지보다는 세상과 적당히 타협하려는 얄팍한 나를 보고 나 스스로 실망했다. 이건 정말 아닌데……. 내가 걷고자 하는 길이 아닌데…….

다시금 마음을 추스르기로 했다. 이제라도 눈치를 챘으니 그나마 천만다행이다. 흐트러진 몸과 마음을 다시 일으켜 세우자. 지쳐

버린 삶을 위로하며 이번 한 번은 나 자신을 쿨하게 용서하기로 했다. 괜찮아! 드림 어게인. 다시 시작하자! 독수리의 발톱처럼 무뎌진 꿈을 다시 새롭게 리빌딩하기로 독하게 마음먹었다.

마음이 날아갈 듯 기뻤다. 마음에 꿈을 하나 담아 놓는다는 것이 그리고 꿈이 있어 행복했던 그 시절로 다시 돌아가는 게 얼마나 행복한 일인지 다시 한 번 깨닫게 되었다. 꿈을 갖는 일이야말로 참으로 유쾌한 일이다. '생각 하나가 10년을 젊게 하는 건가?' 마음에 희망을 품는 순간 갑자기 10년은 더 젊어진 느낌이다. 맞아! 가다 보면 또 느슨해지겠지만, 풀어진 볼트 너트를 죄는 마음으로 멋지게 폼 나게 살아가자.

후회는 이르다. 아쉬움도 갖지 말자. 오늘이 내 인생의 가장 젊은 날이니 꿈을 잊고 살아온 10년을 반면교사(反面教師) 삼아 내가 걸어야 할 참 길을 찾았으니 얼마나 다행인가 하고 생각하자.

그래, 한 번 더 꿈을 향해 미쳐보는 거야. 미치지 아니하고 꿈을 이룬다는 건 브리태니커 사전에도 없는 말이다. 결과를 떠나 내가 작심(作心)한 일에 대해서 최선을 다한다는 마음이 얼마나 멋진 마음인가!

'2019년 황금 돼지 해.' 남들은 가만히 앉아 복을 바랄지라도 나만은 '복은 받으면 없어진다. 나 스스로 복을 짓는다'라는 앞서

가는 마음으로 묵묵히 땀 흘리며 새로운 기회를 찾아 나가자.

 궁정이란 새 옷으로 갈아입고 하루하루 뚜벅뚜벅 걷기로 했다. 올 한해만큼은 내 인생에 미련과 아쉬움 따윈 조금도 남기지 말고 멋진 한 해 만들어보자. 가슴이 쿵쾅쿵쾅 뛴다. 정말이지 올 한 해가 참 기대된다. 이 뜨거운 마음을 오늘도 '동트는 새벽'을 열기 위해 애쓰는 20~30대 청춘들과 그리고 꿈을 가진 모든 분들과 함께 나누고 싶다.

2019년 2월 22일
센트럴파크에서
철든 남자 고환택

차례 | Contents

STEP 2 | 꿈의 끈

꿈이 현실이 되는 그날까지…… _____

STEP 3 ㅣ 배움의 끈

배우기를 멈추지 않는 사람 _____

STEP 4 | 일의 끈
역경은 고난의 탈을 쓰고 온 축복이다 _____

그 많던 꿈 어디로 갔을까?

STEP 5 | 행동의 끈
모두가 'NO'라고 말할 때 시작하라

STEP 6 ㅣ 인연의 끈

마음 터놓고 이야기할 사람 ─────────

그 많던 줌 어디로 갔을까?

그 많던 꿈,
아직도 유효한가요?

살다보니 벌써 서른,
오늘을 사랑하라.

그 많던 꿈
어디로 갔을까? 2

예전에는 꿈도 많았는데
한 살 두 살 나이 먹으면서
그 많던 꿈이 슬금슬금 도망쳐버린 것 같아
마음이 공허하다.

그 많던 꿈, 어디로 갔을까?
바람에 날려간 것도 아니고
까마귀가 물어간 것도 아닌데……

하지만 뒤늦게 눈치를 챘다.
꿈은 주인이 관심을 안 가져주고
주인이 정성을 다하지 않으면
자신도 모르게 멀리 도망쳐 버린다는 것을……

진열아,
고개 들어

대학 떨어졌다고
취업 낙방했다고
고개 숙이지 마라.

도전으로 인한 실패
좌절과 고통은 말할 수 없이 크겠지만
힘내, 고개 들어
아직 인생 실패한 거 아니니까.

고개 떨군 청춘에게
따뜻한 위로와 용기를 전해주는
철든 남자의 랩소디.

그 많던 꿈 어디로 갔을까?

저절로 핀 꽃은 없다

대들지 않고 이루는 것은 노력에 대한 모독이다.
한 번 대들어서 안 되면
두 번, 세 번, 아니 열 번, 백 번이라도 대들어서
하고야 말겠다는 의지가 있어야
비로소 꽃망울 하나 터트릴 수 있다.

눈물 없이 핀 꽃은 없다.
뭐 하나 쉽게 이루려고 하지 마라.
쉽게 이룸은 짝퉁이요, 사기다.

무(無) 다음은 유(有)다

고졸로 끝날 인생이 박사가 되고
밥도 못 먹은 가난뱅이에서 부자가 되었다.
키 작은 촌놈에서 건강 남이 되었다.

빈손이었기 열심히 살려고 노력했다.
배움이 부족했으니 뭔가 배우려 했고
키가 작으니 건강이라도 1등 하자는
그 마음 하나로 세상을 살았다.

모든 것이 무(無)에서 시작되었지만
하나하나 유(有)로 만들어 나가는 일은
생각보다 어려운 일이 아니었다.

가진 게 없다는 것은 유산일 뿐이지
내가 만든 게 아니기 때문에
결코 부끄러운 일도 아니었다.

없다는 것은 오히려 부지런을 만드는
마중물이 되었다.
누구나 신분상승이 어렵다고 하지만
난 그 부분에 대해서는 동의하기 어렵다.

밤 다음은 낮이요
무(無) 다음은 유(有)다.
문제는 마음가짐이다.
해낼 수 있다는 자신감이 있는 한
가져도 가진 게 아니고, 없어도 없는 게 아니다.

털고 일어나라.
없음은 있음을 위한 서곡에 불과하다.

꼴찌라 무시하는
더러운 세상

공부 못한다고 무시당하고
일 못한다고 무시당하고
재주 없다 무시당하고
비정규직이라고 무시당하고
가난한 집 아이라 무시당하고
이래저래 무시가 판치는 세상이다.

공부 꼴찌라고 인생 꼴찌도 아니요
한 번 실패했다고 인생 실패가 아닌데
왜 무시를 당해야 하는지…….

지금은 업무능력이 부족해도
언젠가는 보물이 될지 모르는 일이다.
지금은 주전이 아닌 후보지만
언제 스타가 될지 모르는 법이다.
그러니 기(氣) 죽지 말자.

무시 속에 오기를 품는 마음을 갖자.

조금 가졌다고 의시대고 뽐내고
그것도 모자라 무시가 일상화되어 버린
더러운 놈의 세상.
지금은 비록 바닥이라 할지라도
튕겨오를 그날을 위해
꾹 참고 차분하게 실력을 닦자.

서러움 묵묵히 견디다 보면
언젠가 우리의 날이 반드시 오리니.

내 인생 어떻게 살 것인가?

"인생은 가지고 있는 믿음만큼 젊고, 의심만큼 늙는다. 자신감만큼 젊고, 두려움만
큼 늙는다. 희망만큼 젊고, 실망만큼 늙는다."

향기 나는 꽃이 되자

꽃은 눈물이다.
꽃은 고통이다.
꽃은 인내(忍耐)다.

눈물과 고통
그리고 인내가 버무려져
세상에 나온 게 꽃이다.

힘든 기간이 길고 강할수록
꽃의 향기는 더 진하고 멀리 간다 생각하니
금세 기분이 좋아진다.

그땐면 꿈 어디로 갔을까?

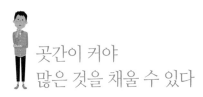

곳간이 커야
많은 것을 채울 수 있다

작은 곳간에는 많은 것을 담을 수 없다.
이왕이면 큰 곳간을 만들어
하나하나 채워 넣는 행복이야말로
훌륭한 습관이라 할 수 있겠다.

'곳간'은 곧 '꿈(Dream)'이다.
자고로 꿈을 크게 갖고
꿈을 향해 한 걸음 한 걸음 달려가는 사람이
인생을 현명하게 사는 사람이다.

부럽다. 청춘아!
피다가 지는 꽃은 꽃이 아니다. 꽃을 피우자. 활짝 피는 게 청춘의 꽃이다.

대들면 되더라

내가 나를 믿지 못하면 누가 나를 믿어 주겠는가?
하여 나는 나부터 믿기로 했다.
신념(信念)이란 글씨를 마음에 수백 번 썼다.
그리고 대들었다. 결국 대들면 되더라.

나폴레옹도 제일 먼저 자신을 믿고 세계 정복에 나섰고,
스티브 잡스도 자신을 믿고 애플 창업에 나섰다.

마음에 신념이란 글씨 하나 새기는 것은
누구나 할 수 있다.
누구나 할 수 있는 것이라 믿는 것,
그것이 성공의 첫걸음이다.

아직 사회에 첫발을 내딛지 않은 청춘
사회에 나와 힘겹게 살아가는 젊은이
승진에 고통을 참고 견디는 중견 사회인

그 많던 꿈 어디로 갔을까?

창업에 도전했지만 뜻대로 되지 않아
좌절의 나날을 보내고 있는 언더독들에게
'대들면 된다'라는 따뜻한 위로를 전하고 싶다.

대들어야 공을 빼앗을 수 있다.
공을 뺏어야 상대방 골문에 슛을 할 수가 있다.
대들어라. 이를 악물고 대들어라.
될 때까지 대들어라. 그 길이 나의 길이다.

고객만족은 귀로 시작한다

고객의 불만소리 천둥처럼 들어라. 고객의 불만은 송곳과 같아서 무심코 흘려들
었다가는 나를 찌르는 흉기로 변한다.
자고로 고객의 컴플레인(Complain)을 소홀히 하여 얻은 부와 명예는 일찍이 보
지 못했다.

하마터면 막살 뻔했다

《하마터면 열심히 살 뻔했다》가 요즘 핫한 베스트셀러인 모양이다. 그러나 저자에게는 미안한 이야기지만, 나처럼 열심히 살아온 사람에게는 살짝 비웃는 이야기처럼 들린다. 대충 살아 성공하는 것이라면 너나 먹어라.

하지만 그 말에 기죽을 내가 아니다. 나는 그 말을 뒤집어서 말하고 싶다.

'하마터면 대충 살 뻔했다', '하마터면 막살 뻔했다', '하마터면 적당히 살 뻔했다.'

내 인생은 노력, 열심히, 최선이라는 단어와 친했기에 그나마 후회하지 않는 멋진 인생을 걸었다고 말할 수 있겠다.

요즘 젊은이들이 광분하는 이유 또한 이해를 못하는 것은 아니다. '얼마나 아팠으면 그 책 제목에 꽂혔겠나'라고 충분히 이해도 된다. 하지만 나이 들어 봐라. 이루지 못함이 얼마나 초라하고 비참하다는 것을……

그땐 꿈 어디로 갔을까?

《하마터면 열심히 살 뻔했다》라는 책 발행 후 저자는 독자들로부터 "내 이야기인 줄 알았다"라는 피드백을 제일 많이 받았다고 한다. 그만큼 최선을 다해 공부하고, 열심히 일하고, 하고자 하는 노력을 다했지만 돌아오는 결과는 실망 그 자체였다는 것이다. 그러니 자조 섞인 비웃음이 나왔겠지…….

그러는 청춘의 가슴은 어떻겠느냐? 기성세대의 입장에서 보면 참 마음 아프다. 그러나 그렇다고 막살 수는 없다. 한 번뿐인 인생이기에 대충 살 수는 없는 현실을 무시할 수 없는 건 아니겠는가.

막살고, 대충 살고, 적당히 사는 것도 좋지만 그 다음에 오는 막중한 책임은 부메랑처럼 온전히 내게 돌아올 텐데 그때 감당할 수 있겠는가? 이 물음에 강한 자신이 있는 사람만이 가끔은 하던 일을 내던지고 대충 그리고 적당히, 막살 수 있는 자격을 가진 사람이다.

욕심이란?
기본을 해놓고 더 달라고 떼를 쓰는 것.

철조망부터 걷어내라

노력해도 안 된다고 미리 포기하고
흙수저 신분 상승하기 어렵다고 주저앉고
취업하기 힘들다고 푸념하고.

그럼 어쩔 건데……. 불평 말고 대들어라.
환경을 탓하지 말고 대들어라.
아프고 힘들어도 대들어라.
지금 대들지 않으면 평생 후회한다.
지금 대들지 않으면 평생 2인자로 살아야 한다.

내 인생에 있어 가장 시급한 것은
원망이라는 철조망을 걷어내는 일이다.
남북 평화협정으로 70여 년 가로막힌 철조망을
걷어내는 세상에 내 마음속의 원망의 철조망,
비관, 두려움의 철조망을 걷어내지 못한다는
것은 슬픈 일이다.

그 많던 꿈은 어디로 갔을까?

지금이라도 다시 한 번 추스르자.
어게인을 외치고 다시 한 번 도전해보자.
대들고 또 대들다 보면
불가능하게 보이던 일도 다 이뤄지겠지.
이런 강한 마음이 필요한 때가 지금이다.

태양
날마다 널 위해 해가 뜬다고 생각해봐, 하루가 소중해질 거야……

곁에 두고 찾고 있더라

'핸드폰 어딨지?' 한참을 찾았다.
알고 보니 곁에 있더라.
'리모컨 어딨지?' 뒤적뒤적
침대 바로 옆 베게 밑에 있더라.

'차 키 어딨지?' '카드 어딨지?'
날마다 늘어나는 건망증
중요한 건 꼭 찾으면 곁에 있더라는 것이다.

내게 소중한 것이 곁에 있음에도
자칫하면 헤맬 수 있는 게 인생이다.

내가 일할 직장이 어디에 있는지?
창업을 하고 싶은데 아이템을 무엇으로 할지?
결혼은 누구하고 할지?
성공을 하고 싶은데 어떻게 해야 하는지?

두루두루 고민이 될 때
혹시나 곁에 두고 찾고 있는 것은 아닌지
한 번쯤 고민해볼 필요가 있다.

답은 가까이 있다.
귀한 것일수록 가까이 있다.
알량한 것이지만 살아온 경험에서 배운 것이다.

한 방울의 땀 가벼이 하지 마라

백사장은 하루아침에 이루어지지 않았다. 오랜 세월 동안 바닷물에 밀리고 밀린
모래들이 하나, 둘 모여서 아름다운 백사장을 만들었다.
가을바람에도 씻길 연약한 땀방울이다. 그러나 그 연약한 땀방울이 모여 나만의
행복 산성이 쌓아진다고 생각하니 그냥 기분이 좋다.

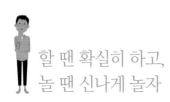

할 땐 확실히 하고,
놀 땐 신나게 놀자

들판에 피어 이름 없이 살다 간다면 얼마나 슬픈 일이겠는가.

2남 4녀의 가족사. 어렸을 때부터 우리 가족의 퍼스트 펭귄은 내가 되겠다고 마음먹었다.

좋은 대학 못 들어가는 만큼 배우는 것은 열심히 배우고, 좋은 직장 못 들어가니까 중소기업에서 일이라도 열심히 하려고 마음을 먹었다.

작은 회사에 들어가 정신없이 일하다 보니 토요일, 일요일이 없었다. 주차, 월차가 무슨 단어인지조차 알 수 없던 나에게 워라밸(Work and Life Balance) 수치는 사치에 불과했다. 측정 자체가 이미 아웃 오브 스코프(Out of Scope)였다.

인생을 살면서 언젠가 한 번은 미쳐 산 흔적이 있어야 신분이 상승된다고 믿었다.

젊은 날 일과 삶의 밸런스는 깨졌어도 쉬지 않고 배우고 일한 탓에 우리 집의 행복 트리에는 맛있는 성취라는 과일이 주렁주렁 열려있다.

20대, 30대에 열심히 밭을 갈지 않았으면 자칫 후회할 뻔한 인생이었지만, 미리 눈치 채고 열심히 노력한 게 내 인생엔 아주 행운이었다.

열심히 할 때는 누구보다 열심히 했지만, 놀 때는 세상 재미에 푹 빠져 놀았다. 시도 때도 없이 열심히 살지는 않았다.

오늘따라 '하마터면 열심히 살 뻔했다'라는 그 말이 내가 행한 노력에 대한 모독으로 여겨지는 이유는 뭘까?

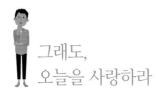

그래도,
오늘을 사랑하라

오늘을 사랑하라.
오늘 사랑하라.
지금 내 앞에 서있는
오늘을 사랑하는 자가 되어라.

아프고 힘든 오늘
버리고 싶은 오늘
잘라내 버리고 싶은 오늘일지라도
그래도, 오늘을 사랑하라.

나에게 주어진 선물 같은 하루
힘들다고 보내고
슬프다고 보내고
더럽다고 보낸다면
내 인생 쓸 수 있는 하루가 몇 개나 되겠느냐.

오늘을 외롭게 보내서는 아니 된다.
외롭게 가는 오늘이
울면서 떠난 오늘이
뭐가 예쁘다고
내게 좋은 하루를 주겠는가?

그래도, 오늘을 사랑하라.
무작정 오늘을 사랑하라.
사랑할 대상이 있다면
미루지 말고 지금 사랑하고,
하고 싶은 일
배우고 싶은 일
즐길 일이 있거든
미루지 말고 오늘을 사랑하라.

오늘을 사랑했던
사랑의 총량이 결국 내 인생이요
오늘을 사랑한 흔적의 합(合)이
고스란히 내 역사가 되리니…….

돈의 노예에서
해방되는 기쁨

가진 것 없이 어렵게 살아온 사람이
자신이 배우고 성장했던 모교에
막상 기부하려고 생각하니
하루에도 열두 번 생각이 바뀐다.

아(我)와 비아(非我)가 신나게 싸우는 형국이다.
비아(非我)란 놈은
'힘들게 번 돈인데 아깝지?'라고 말하고
아(我)란 놈은
'마음먹은 거 그냥 좋은 일해'라며
서로 잘났다 싸움질이 한창이다.

돈 많은 사람은 많지만
사랑의 온도는 점점 줄어드는 세상
가진 것 써보지 못하고
욕심에 사로잡힌 돈의 노예보다

그땐들 풍 어디로 갔을까?

고학으로 어렵게 대학 다닌 것 생각해서
지금도 알바하며 고된 길을 걷는 청춘들을 위해
의미 있게 써보기로 마음먹었더니
돈의 노예에서 벗어난 듯 마음이 춤을 춘다.

아, 기부란 이런 맛이구나!
돈 버는 것도 어렵지만
돈 쓰는 것도 참 어렵다는 걸 다시금 느껴본다.

사랑의 건방증

사랑의 건방증은 심할수록 좋다. 사랑은 주고 되돌아서서 잊는 것. 준 사랑을 기억하는 순간 불행해진다.

젊음이 돈을 이긴다

식당에서 알바하는 학생에게 물었다
"나하고 학생하고 누가 더 부자인가요?"

한참 서빙하던 학생은 뜻밖의 질문에
"저는 학생이니까 당연히 선생님이 부자죠."
날 보며 웃으며 말한다.

"아니, 내가 보기엔 나보다 학생이 더 부자야.
젊음이 돈을 이기는 법이잖아."

학생은 그제야 말뜻을 알았다는 듯
"네. 그 말씀은 맞는 것 같습니다."

젊음과 꿈을 가진 학생이 부럽다.
지금은 고생스럽지만 꿈을 키우다 보면
언젠가 내 말뜻을 알겠지…….

각자도생이 답이다

각자도생(各自圖生, 제각기 살 길을 찾음).
어둠이 진할수록 희망 또한 진하다.

고통이 심할수록, 경제가 어려울수록
남에게 의지하면 안 된다.

어렵다고 서로 도와주다가 다 같이 삼류 된다.
'어려울수록 각자도생하라.'
그래야 희망이 있다.

고통의 바닥에서 오롯이 혼자만의 힘으로
새살이 돋아나도록 애써 노력하는 모습만이
모두가 다 잘 사는 길이다.

STEP 2 | 꿈의 끈

꿈이 현실이 되는
그날까지……

내 인생 망각하고
하마터면 막살 뻔했다.

꿈을 찾는 젊음에게

꿈의 길은 멀기에
조바심은 금물이다.

꿈의 길은 외롭기에
함께 가야 한다.

꿈의 길은 고난의 길
갓길이 없다.

꿈의 길은 일방통행
인내하며 노력하는 자에게만
허락되는 길이다.

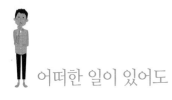

어떠한 일이 있어도

어떠한 일이 있어도
꿈의 바람개비가 멈춰서는 안 된다.

어떠한 일이 있어도
꿈이 얼어붙어서는 안 된다.

꿈은 소중하니까.
꿈은 소중하니까.

도둑 심보를 버려야 한다

적당히 공부해서
적당히 일해서
내 꿈을 이루려는 도둑 심보를 버려야 한다.

뜻밖에 기회가 왔을 때
자신의 노력을 생각하지 않고
넙죽 받는다면 그것은 도둑 심보다.

내 인생의 리미트(Limit)는
'노력 곱하기 2'이다.

좋은 일이 왔을 때
내 마음의 거울에 비추어
'노력의 두 배가 넘는 것은 내 것이 아니다.'
그런 마음으로 살아왔다.

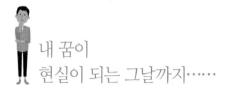

내 꿈이
현실이 되는 그날까지……

코너 맥그리거(28, 아일랜드)가 UFC 사상 최초 두 체급 동시 챔피언에 오른 후 인터뷰에서 이런 말을 했다.

"보여? 보이냐고! 나도 내 꿈이 현실이 되는 걸 보고 싶었다. 유후~~!!!, 나 너무 멋지잖아!"

코너 맥그리거처럼 내 꿈이 현실이 되는 것을 보고 싶어 하는 청년들이 많았으면 좋겠다. 그곳이 대한민국이었으면 좋겠다.

요즘 우리 사회는 안타깝게도 '자괴감(自愧感)'이라는 단어가 뜻밖에 유행어가 되어버렸지만 너와 나는 꿈을 가진 젊은이이기 때문에 아직 자괴감과 친할 이유가 없다. 자괴감을 가질 만큼 한가하지 않다.

우리가 현재는 부족해서 가진 것은 없지만, 마음속에 간직한 꿈만큼은 충분한 자부심을 갖기에 부족함이 없다. 어떠한 환경에서

든 기죽지 말자. 포기하지 말자. 급히 서두르지 말자.

발끝을 꿈의 방향에 맞추고, 한걸음, 한걸음 뚜벅뚜벅 앞으로 나아가자. 나도 언젠가는 "나, 너무 멋지잖아!" 큰소리로 외칠 때가 있겠지…….

내 꿈이 현실이 되는 그 순간을 위해 최선을 다하는 청춘들이 많았으면 좋겠다.

아직 내 꿈은 진행형

아직 내 꿈 반도 못 이뤘다. 아직 마음먹은 봉사 반도 못했다. 좀 더 열심히 삶의 열정을 펌프질해야만 나머지 반을 이룰 수 있음을 안다.

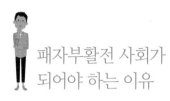

패자부활전 사회가
되어야 하는 이유

한 번의 도전으로, 한 번의 사업으로 인생의 승부가 결정된다면 내 인생이 얼마나 슬펐을까? 가만히 지난날을 돌이켜보면 생각만 해도 모골이 송연하다.

내 인생에 한 번의 실패는 보약과도 같았다. 인생이 고맙다는 게 '실패의 좌절을 경험한 자에게 더 큰 선물을 주신다'라는 믿음 때문인지 사는 게 행복했다.

제철, 제강 기계제작 업체로 사업을 시작한 이후 날마다 떵떵거리며 잘 나가던 시절, 그때는 정말 세상 안 되는 게 없을 것 같은 자만이 하늘을 찌를 시기였다. 내가 가진 기술로 정말 열심히만 하면 무엇이든 다 되는 줄 알았다.

그러나 1997년 뜻밖의 'IMF 한파'로 인해 잘 나가던 대기업들이 줄줄이 도산하고, 자식 같은 내 회사가 연쇄 부도를 맞으며 한순간에 쓰러지는 경험을 해야만 했다. '아! 나도 어쩔 수 없는 인간이구나!' 하고 쓰라린 경험을 해야만 했다.

전혀 뜻밖의 현실에 직면하고 보니 정신이 번쩍 들었다. 지금까지 내가 어떻게 이뤄놓은 것인데……. 망연자실 모든 것을 포기해버리고 싶은 마음이 있었지만 한 번의 실패로 인생 패배자가 되기 싫었다. 좌절하고 싶지 않았고, 꿈을 찾아가던 길을 멈추고 싶지도 않았다.

'비바람을 맞지 않고 피는 꽃은 없다.'

원하지 않은 세찬 비바람을 맞았다고 내 인생이 꺾이면 그것은 슬픈 일이다. 이를 악물고 다시 대들었다. 주위의 여건도 좋지 않았지만 '처음부터 다시……'라는 마음으로 시곗바늘을 창업 시점으로 다시 돌려놓고, 창업 때보다 더 독한 마음으로 사업장을 쓸고 닦으며 재기를 위한 혼신의 노력을 다했다.

그렇게 일요일도 없이 10년의 긴 세월 동안 만근(滿勤)을 하며 묵묵히 배움과 일에 매진하였다. 독한 마음 없이는 이룰 수 없다는 것을 알기에 십년불명불비(十年不鳴不飛)하는 마음으로 열심히 살았다.

'땀은 거짓말을 하지 않더라.'

10년의 정성이 결국 꽃을 피우고 향기를 발하더라. IMF로 인해 도산을 했던 회사가 지금은 국내 굴지의 대기업 3곳에 협력업체로 자리매김을 하였고, 재기의 그 힘든 와중에서도 연평균 30억 원의 매출을 올리는 탄탄한 회사가 되었다.

10년 만근을 '백'으로 삼아 열심히 일하며 '배움의 끈'도 놓지 않았다. 주경야독의 산증인처럼 2009년 나이 50세에 인하대학교 박사학위를 받고, 54세에 태권도 4단을 취득했으며, 자기 계발서 또한 4권을 출간하고, 지금은 모교인 인하대학교에서 겸임교수로서 장학 사업과 후진 양성에 온 힘을 쏟고 있다.

패자부활하면서 더도 덜도 필요 없었다. 오직 나 자신을 믿고 '불광불급(不狂不及)의 정신 하나면 세상 못 이룰 게 없다'는 일념 하나로 시련의 강을 스스로 헤엄쳐 나왔다. 지나고 보니 '시련과 역경이 나를 아프게 하는 것이 아니라, 나를 강하게 키우기 위한 신의 선물이었구나'라는 사실도 알게 되었다.

Fearless! 지난 과거 1997년 IMF와 2007년~2008년 서브 프라임 모기지 사태로 촉발된 세계 금융 위기가 또 오더라도 이젠 두렵지 않다. '시련은 소쿠리와 같아서 내가 가진 것을 한순간에 빼앗아 가기도 하지만, 실패를 딛고 일어서면 성취라는 선물을 가득 담아주는 정이 많은 친구'라는 것을 패자부활 재기의 경험을 통해 배웠기 때문이다.

'앙트레프레너(Entrepreneur)', 시련과 역경이 나를 가로막을지라도 원망하거나 좌절하지 말고 묵묵히 다시 도전하자. '기업가 정신'으로 무장했던 나의 경험이 이 땅 대한민국의 많은 청년들에게 또한 지금 이 시간에도 재기를 꿈꾸는 많은 분들에게 희망의 증거로 다가갔으면 하는 소박한 바람을 가져본다.

길은 있다……. 다만

길은 반드시 있다.
다만 내가 보지 못할 뿐.

길 위에 서있다
다만 내가 걷지 못할 뿐.

애써 찾아보지도 않고
애써 걸어보지도 않으면서
모두들 술에 기댄 채
한가한 타령만 하고 있다.

꿈을 다시 생각하다
(Re : DREAM)

아침에 눈을 뜰 때
꿈도 함께 기상(起床)하는 습관을 들여라.
껍데기 같은 육체만 눈을 떠 하루를 산다면
그 하루가 무슨 의미가 있겠는가!

청년의 꿈이 세상을 바꾼다.
청년의 꿈이
그 나라의 미래다.

꿈꾸는
청년이 많은 세상
그곳이
내가 사는
대한민국이었으면 좋겠다.

청춘 재계약

인생이 나에게 준 청춘의 만기가 끝났다.
중년으로 이사하기 싫어서
'인생부동산'을 찾아가
청춘 재계약을 해달라고 떼를 썼다.

인생이 정(情)이 있어서 그런지
흔쾌히 재계약을 해주었다.
기쁜 마음으로 '청춘 시즌 2'를 맞이한다.

다시 찾은 청춘 귀하게 사용해야지…….
다시 찾은 청춘 알뜰하게 사용해야지…….
내 마음에 꽃비가 내린다.
기분이 짱 날아갈 것 같다.

'땀 성(城)'을
쌓아가는 남자

쉽게 버는 돈은 내 돈이 아니다.
땀으로 번 돈만 내 돈이다.
나는 그 착한 돈으로 성(城)을 쌓고
그 성(城)의 이름을 '땀 성(城)'이라 부른다.

땀이 주는 성취감, 땀이 주는 결실
이 행복보다 더 큰 행복이 있을까?

인생에 대한 이유 있는 불만
왜?
젊음이 평생 있는 것도 아닌데
젊음의 유효기간을
새겨놓지 않았는지?

왜?
한참 배우고 일해야 될 젊은 청춘들이

게으름의 세월을 보낼 때
비상벨을 울리지 않는지?

왜?
두려움 없이 도전해야 할 청춘에게
두려움이란 단어를 주어
안정만을 추구하는 졸장부로 만드는지?

타고난 크기는 없다

그림자가 태양의 각도에 따라 달라질 수 있듯이 내 인생도 꿈의 크기에 따라
달라질 수 있다.

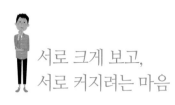

서로 크게 보고,
서로 커지려는 마음

'만남은 축복이다.'

내가 만나는 귀한 인연마다 '서로 크게 보는 마음이 첫 번째 마음'
이라면 두 번째 마음은 '서로 커지려는 노력하는 마음'이다.

거울을 보며 나 자신에게 엄지를 추어준다. 그리고 더 따뜻한 엄
지를 받기 위해 노력한다.

부부나 연인 사이에도 서로 상대를 크게 보고 서로 지금보다 나
은 삶이 되도록 노력을 한다.

보모와 자식 간에도 서로 크게 보는 마음을 갖자. 부모는 자식을
위해 "내 자식 최고!"를 외쳐주고 자식은 부모에 대해 존경의 마음
을 갖는다.

그리고 더 좋은 부모, 더 훌륭한 자식이 되고자
같이 노력을 할 때 집안에 웃음꽃이 핀다.

상사와 부하직원도 서로 크게 보는 마음과 서로 역량을 키우려는 마음이 우선되어야 한다. 직장이 무슨 정글도 아니고 귀한 인연을 놓고 서로 원수처럼 으르렁대는 모습은 볼썽사납다.

서로 크게 보고, 지금보다 서로 커지려는 마음, 이런 만남이라야 서로 갈등이 생기지 않고 만남이 축복으로 이어져 서로가 원원하게 된다.

내 모습대로 그림자도 닮는다

가볍게는 못 살겠다. 나만 못 살면 되는 게 아니란 걸 그림자를 보고 알았다. 예쁜 인생 만들어야 그림자도 예뻐지고 내가 웃어야 그림자도 따라 웃는다는 걸 알았다.

성공은 비만이 없다

성공은 성의를 먹고산다.
성공은 정성을 먹고산다.
성공은 아이디어를 먹고산다.
성공은 혁신을 먹고산다.
성공은 신기술을 먹고산다.
성공은 도전을 먹고산다.

성공이란 녀석은 아무리 먹어도 비만이 없다.
비만 따위 걱정은 하지 말고 자신이 가지고 있는 탤런트를 마음
껏 쏟아 붓는 사람이 결국엔 성공하게 되어 있다.

성공! 알고 보면 참 쉽다.
성공! 알고 보면 참 맛있다.

그러면 좀 어떠료 갔을까?

날마다 5가지 보약 먹는 남자

날마다 5가지 보약 먹는 남자, 너 나 할 것 없이 현대인의 삶 속에 노출되는 현상이다. 이것을 약으로 생각하면 보약이 되고, 이것을 병으로 생각하면 심각한 병이 된다.

나는 날마다 5가지 보약을 먹는 행복한 남자다.

첫째, 적당한 스트레스

둘째, 적당한 긴장

셋째, 적당한 피로감

넷째, 적당한 외로움

다섯째, 적당한 갈등

나는 독선지악(獨善之惡)이란 용어와 친하게 지낸다.

자고로 오직 좋은 것만 취하는 것도, 너무 좋은 환경에 놓여 사는 것도 행복이 아니다.

적당한 스트레스, 긴장, 피로감, 외로움, 갈등이라는 다섯 친구(?) 가 있기에 인생이 더 행복한 것 같다.

산에 올랐지만
바다를 얻었다

박사학위 과정 중에 공자와 맹자 그리고 자장면의 고향으로 유명한 산둥성 타이산(泰山)에 오른 기억은 내 인생에 보약처럼 느껴진다.

'티끌 모아 태산'이나 '걱정이 태산' 같은 옛 속담에 등장하는 산이라서 처음에 말로만 들을 때는 엄청 높은 산인 줄 알고 긴장을 했는데 막상 태산의 정상에 오르니 '겨우 이 정도야!' 하고 웃음을 자아냈던 일이 생각난다.

성공은 쳐다만 보면 어렵고 큰 산처럼 보이지만, 막상 오르고 나면, 동네 뒷동산에 오른 것처럼 쉽다는 걸 느끼는 소중한 추억여행이었다.

지금도 힘들고 어려운 일이 있을 때면, 어김없이 태산의 추억을 그려본다. '산에 올랐지만 바다를 얻었다.' 그만큼 태산의 추억은 내 마음에 긍정의 바다를 만들어 주었다.

마음을 닫으면 어렵고 힘들지만, 독한 마음 가지고 대들면 세상에 못할 것이 없다는 힘을 주었다고나 할까?

아직도 도전이나 힘든 일에 직면했을 때 그곳 가이드에게 들었던 공자의 말씀 한마디는 두고두고 마음의 가능성을 열어주는 드넓은 바다처럼 내 마음을 파도치게 한다.

공자 왈 "태산에 오르니 천하가 작구나(登泰山小天下)."

배우는 것이 많아질수록 모르는 것이 늘어난다

잘 안다고 으스대지 않고 나한테도 약점이 있다는 사실을, 이것도 저것도 모르는 것투성이라는 사실을 인정한 것이 평생 큰 도움이 되었다. 배우는 것이 많아질수록 모르는 것이 더 늘어난다는 사실을 깨닫게 된다.

— 레이 달리오 (브리지워터 어소시에잇 CEO)

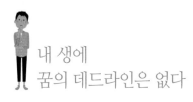

내 생에
꿈의 데드라인은 없다

사랑에 대한 열정은 식어도 꿈에 대한 데드라인은 용납할 수가 없다.

몸은 무뎌져도 정신이 살아있는 한 꿈에 대한 데드라인은 상상하기도 싫다.

꿈(Dream)은 나의 분신이다.
꿈과 함께 있을 때 내가 있음을 안다.

A Goal is a Dream with a Deadline.
꿈과 함께 늘 향기 있는 멋진 남자로 살고 싶다.

하물며 버려진 선인장에도
꽃이 피더라

사무실에 있던 선인장이 말라비틀어지기에 아무 생각 없이 옆 다용도실에 갖다 버렸다. 잘 자라는 화초에만 정성스럽게 물을 주고 남은 물이 있을 땐 동냥 주듯 죽은 선인장에 부어주었다.

버린 지 한 달 정도 지났는데 이게 웬일인가? 말라비틀어진 선인장이 살아난 것도 과분한데 다섯 촉의 꽃까지 예쁘게 피었다.
그 녀석을 바라보자 '이래도 나를 버릴 거유?'라고 따지는 것 같아 미안한 마음이 들었다.

미안한 마음에 내 책상 위에 가져다 놓았다. 너무 기분이 좋다.
피우고자 꿈을 버리지 않으면 언젠가는 핀다. 참고 인내하면서 묵묵히 걸어가는 것, 그것이 '선인장의 꿈'인가 보다.

꿈을 찾아가는 데는
검문소도 없더라

'흙길'을 밟고 달려왔다고
출입을 안 시켜줄지 알았는데
다가가보니 문을 활짝 열어놓았더라.

'을'의 삶을 살았다고
푸대접할 줄 알았는데
웬걸, 의외로 더 따뜻하게 맞아주더라.

흙수저라고 차별할 줄 알았는데
오히려 더 반기며
성공의 맨 앞줄에 덥석 앉혀주더라.

꿈을 찾아가는 길 왕도가 없더라.
살아보니 그렇더라.
열심히 불을 밝히는 자에게 우선권을 주더라.

꽃길도 좋지만 흙길도 좋더라.

갑의 길도 좋지만 을의 길이 더 맛있더라.

금수저도 좋지만 흙수저도 더 신나더라.

가던 길

가던 길 멈추면 왜 이리 힘들까? 잠시 가던 길을 멈춰도 이렇게 슬픈데 꿈이 멈춰 버린 인생은 참 슬프겠다는 생각을 해본다.

나도 부모님 뱃속에서 나왔다

일이 안 된다고 너무 상심하지 마라.
세상 일 실패했다고 기죽지 마라.

나도 부모님 뱃속에서 나왔다.
비록 유전자는 다를지 몰라도
세상에 태어나 사랑받고 행복하게 살라는
공평한 마음만은 똑같이 받고 태어났다.

사랑받고 행복하게 살라는 공평한 마음
그것은 내가 힘든 세상을 헤쳐 나갈 때
언제나 든든한 백(힘)이 되었다.

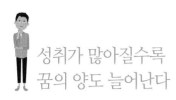

성취가 많아질수록
꿈의 양도 늘어난다

행복을 많이 느낄수록 모르고 살았던 행복을 더 알게 된다.

웃음이 많아질수록 웃지 못한 반성이 더 늘어난다.

성취가 많아질수록 이루어야 할 꿈의 파이가 더 늘어난다.

행복해서 많이 웃고, 작은 성취를 또박 또박 내 인생 곁에 쌓아나가는 사람일수록 더 많은 혜택을 누리게 되어 있다. 이것이 '인생의 플러스알파'다.

인생의 플러스알파를 경험하지 못하면 세상에 대한 불만과 증오만이 가득 차게 되어 있다. 세상에 대한 불만과 증오의 텃밭에서는 행복, 웃음 그리고 성취가 자랄 수가 없다.

세상이 어려워도, 현실이 나를 속일지라도 긍정의 삶만이 나를 변화시켜준다는 믿음으로 살아갔으면 싶다.

내 마음은 꿈과 열정의 놀이터

언제부터인가 내 마음은
꿈과 열정의 놀이터가 되어버렸다.
그들이 신나게 놀아줄수록
내 마음은 언제나 행복했다.

"나 아직 죽지 않았어……."
오늘도 내 마음의 놀이터는 OPEN이다.
신나게 노는 꿈과 열정을 바라보는 것도
인생의 크나큰 행복임을 새삼 느낀다.

주인으로서 마음가짐을 적어본다.
내 마음의 놀이터는
연중무휴(Always Open).

꿈을 찍는 카메라

괜한 상상을 한다.
말도 안 되는 상상을 한다.
때론 말도 안 되는 상상이 현실이 되곤 했으니
'언젠가는 등장하겠지' 하는
엉뚱한 상상을 해본다.

어디 이런 카메라 한 대 없나요?
꿈을 찍는 카메라.
어디 이런 카메라 한 대 없나요?
마음을 찍는 카메라.

성년의 날을 맞는 청춘들에게……

만 19세 성년이 된다는 것은
사람이 독립하여 법률행위를 할 수 있는 능력을
인정받는 연령을 말한다.

Full Age! 성년이 되면
마음껏 꿈을 가질 수 있는 나이다.
마음껏 꿈을 행사할 수 있는 나이다.
마음껏 도전할 수 있는 자격이 주어지는 날이다.
비로소 내 인생의 주인이 되는 나이다.

오늘 성년이 되는 희망의 청년들에게
자격을 마음껏 행사하는 멋쟁이가 되었으면 한다.
진심으로 축하한다는 말을 전하고 싶다.

힘들어도 꼭 그렇게 할게요

나는 믿지 않아도
꿈은 믿어도 돼
세상은 믿지 않아도
노력은 믿어도 돼

하루하루
몸도 늙고
희망도 늙는다면
인생 무슨 재미

하루는 보내도
꿈은 꼭
손잡고 다니자.
내
꿈
외롭지 않게~~~.

미래지향적이어야 한다

내 꿈
내 눈
내 행동
그리고 내가 하는 일은
언제나 미래지향적이어야 한다.

미래지향적인지
미래지향적이 아닌지
그것은
앞으로 내가 하는 모든 일의
판단 기준 내지는
판단의 잣대가 될 것이다.

행복한 돛단배

오늘도 꿈을 향해
묵묵히 항해를 한다.
누가 비웃듯
누가 손가락질을 하듯
개의치 않고
묵묵히 노를 젓는다.

나는 돛단배 선장
남 보기엔 비록
작고 초라한 선장이지만
그래도 가슴에 품은 꿈만은
대형 유람선이요
거대한 항공모함이다.

스승의 날 손편지

올해 스승의 날은 일요일이라서 그런지 주중에 찾아오는 제자들이 있었다.

해준 것도 없는데 그래도 고맙다고 찾아오는 제자들을 보며 뿌듯함보다는 오히려 미안한 감정이 앞선다.

'쫄지 마. 내일이 있잖아.'

오늘을 살아가는 대학생들에게 꿈과 자신감을 심어주려고 무던히 애는 썼지만 한편으로는 아픈 청춘들에게 위로와 격려가 너무 인색하지 않았나 하는 반성을 하게 된다.

매년 스승의 날에는 선물을 받기보다는 장미꽃 한 송이 한 송이를 학생들에게 나누어주었던 기억이 새롭다.

'너희는 꽃보다 아름답다.'

'붉은색의 장미꽃보다 더 진한 열정으로 피어라.'

꽃을 주고 손편지를 수북이 받는 재미가 있었는데 올해는 그런

그러면 꿈은 어디로 갔을까?

점에서 조금 아쉽다. 어느 교장선생님께서 "너희가 넘어진 곳에 선생님이 있다. 언제든 편한 마음으로 찾아와라. 사랑한다"라고 말했듯 나는 제자들에게 말하고 싶다.

"졸업 후에 잘 나가는 사람은 나를 찾아올 필요 없다. 하지만 꿈을 향해 달리다 실패하거나 아픔이 있을 때는 반드시 나를 찾아와라."
그 말을 전해주고 싶다.

제자들이 모두 훌륭한 리더가 되어 나를 찾지 않는다 해도 나는 제자들을 믿기에 하나도 외롭지 않을 것 같다.
그런 마음으로 어제 받은 손편지를 읽는 내 마음이 왜 이렇게 행복한지 모르겠다. 사랑한다, 제자들아!!!

풀리지 않는 벽(어려움)

세상 모든 어려움은 풀라고 존재한다.
풀리지 않은 어려움은 없다. 단지 풀고자 하는 인간의 의지가 약할 뿐이다.

세상을 믿고 가라

언뜻 보기에 세상이 나를
외면하는 것 같아도 절대 그렇지 않다.

자신이 느끼기에 그럴 뿐
세상 아무리 야속한 것처럼 보여도
세상은 뜯어보면 뜯어볼수록 인정 많은 친구다.

이 세상 한줄기 바람도 그냥 주지 않았다.
나무에 맺힌 이슬 하나도 거저 주지 않는다.

아플수록 세상을 믿고 가라.
울고 싶어도 세상을 믿고 가라.
믿고 뚜벅뚜벅 내딛는 발걸음
나는 그 발걸음을 성공의 발걸음이라 말한다.

밤새 슬퍼서 울고 싶을 텐데

세상을 발로 차고 싶을 텐데
내 앞에 펼쳐진 결과를 내 부족함으로 돌리는 용기!
나는 그 용기가 희망의 씨앗이 되어
세상에 뿌려질 날이 반드시 올 거라 굳게 믿는다.

청춘 파실 분

정말이지 청춘, 살 수만 있다면 얼마든지 사겠다. 청춘 귀한 걸 젊은이들은 왜 눈치 채지 못하는지…….

내가 하는 말 한마디

내가 하는 행동 하나
내가 베푸는 선행 하나가
상대방에게는
생사를 좌우하는 뗏목이 될 수 있고
상대방을 아프게 하는 독이 될 수 있다.

군자 필신기독(君子 必愼其獨)이라 했거늘
홀로 있을 때
오롯 신중함이 있어야 하겠다. .

꿈은 나를 향한 주문이다

나를 향해 간절히 주문하다 보면
주문대로 이루어지는 게 있다.
나는 그것을 '꿈(Dream)'이라 말한다.

성공한 사람들은
미래에 내가 간절히 원하는 것을
지속적으로 주문한 사람들이다.

나는 오늘도 두 손 모아 빈다.
사람들은 '소원을 빈다'고 말한다.
나는 그것을 '꿈을 빈다'고 말한다.

오늘도 주기도문 외우듯
나를 향해 시도 때도 없이 읊어대는 것은
내 안에 꿈이 살아있기 때문이다.

청년들을 위로하는 기성세대

그들은 외롭다.
절벽에 선 채 내일을 두려워하고 있다.
미래가 보여야 행복할 텐데
좀처럼 미래가 보이지 않는다.
그래서 그들은 행복하지 못하다.

오늘도 그들은
선수는 하나인데 코치는 많은 우울한 삶을 산다.
일자리는 하나인데 경쟁자는 많은 치열한 삶을 산다.
부모도 버거운데 부양해야 할 노인들은 많은
암울한 현실 속에서 발버둥 치고 있다.

그들이 바로
대한민국을 이끄는 청년이다.
그들에게 잘난 척 코치만 할 게 아니라
따뜻한 외투(일자리) 하나 걸쳐주고

두터운 장갑(창업 지원) 하나 선물하는 일
그 일이 기성세대가 할 일이다.

대한민국의 미래는 그들에게 달려있다.
그들이 기(氣)를 펴고
두려움 없이 도전할 수 있는
좋은 토양을 만드는 일,
그 일이 기성세대인 우리가 할 일이다.

공돈을 멀리하라

공돈 천만 원을 벌면 천만 원어치 게을러지지만, 땀 흘려 천만 원을 벌면 천만 원의 부지런함도 함께 번다. 땀 흘려 번 돈이 내 돈이다.

청춘에게 주는 3가지 성공 TIP

청춘은 도전할 때 가장 아름다운 것.
청춘아! 큰 꿈을 향해 더 높은 곳으로
날갯짓 한 번 해보지 않으렴!

[미션 1]
청춘이 현실 안주하는 것은
가족에 대한 배신이다.
드넓은 바다에 나가야
비로소 거센 파도를 경험할 수 있다.
잔잔한 호수에 떠다니는 낙엽처럼
부모라는 틀에서 응석부리지 마라.

[미션 2]
청춘이 내일을 두려워하는 것은
인생에 대한 배신이다.
세상에 공짜 없으니 두려움은 당연한 것.

두려움이 없으면 세상 무슨 재미.
두려움에 맞서 끝없이 당당해지려는
멋진 자신의 모습을 경험해보라.

[미션 3]
청춘이 도전하지 않는 것은
젊음에 대한 배신이다.
왜 내가 젊을 때 도전하지 않았을까.
기성세대의 아쉬움이자 탄식이다.
'천 번을 도전해야 하나를 얻는다'라는
간절함 없이 세상 이룰 건 아무것도 없다.

청춘아! 편안함을 걷어차자.
부모라는 편안한 공간에서 벗어나
끝없이 비바람을 맞으려 뛰쳐나가자.
'젊음은 도전이다'라고 생각할 때
세상의 두려움도 나의 편이 될 테니까……

그 누구도
샘플인생으로 태어나지 않았다

이 세상 그 누구도
평생 서러운 인생으로 살다가는
그런 인생으로 태어나지 않았다.

이 세상 그 누구도
잠깐 쓰고 버리는
샘플 인생으로 태어나지 않았다.

모두가 귀한 인연으로
값진 달란트를 받고 태어났다.

사는 게 힘들고 어려워도
내 인생은 언제나
버릴 수 없는 귀한 상품이고
메인 상품으로 이 땅에 보내졌음을
우리는 늘 감사해야 한다.

사치라 해도 좋다

두려움 없이 큰 꿈을 가져라.
젊은 날 큰 꿈을 갖는다고 사치라 욕할 사람 없다.

큰 꿈은 청춘의 1번지다.
젊은 날 큰 꿈 없이 세상일을 도모하려 한다면
그것은 참으로 어리석은 짓이다.

꿈은 잘 나가는 사람들만의 전유물이 아니다.
힘들 때일수록 큰 꿈을 가지려고 노력하는 마음,
지금은 그 마음 하나가 필요한 때인 듯싶다.

꼴찌는 두 번 슬프다

어느 리그나 마찬가지로 1, 2, 3등의 선두권이 달리고 있는 팀이 있는 반면에 반대로 꼴찌 싸움 또한 치열하다.

프리미어리그는 '38라운드' 경기를 통해 하위 3팀이 강등이 되는 구조다. 각 팀들은 모두 우승을 바라겠지만 약팀들은 서로 강등이 되지 않으려고 치열한 싸움을 전개한다.

약팀들은 참으로 고독하다. 안 그래도 어려운 구단과 열악한 선수층으로 인해 고통을 받지만, 강팀들은 저마다 자신들을 짓밟고 올라가기를 원한다. 꼴찌팀들이 겪는 아픔은 두 배다.

모든 강팀들이 약체팀에게는 더욱 혹독한 대가를 요구한다.
그래서 꼴찌는 슬픈 것이다.

'인생이란 리그'도 마찬가지다. 자신이 약하면 세상의 다양한 악재들이 물불을 안 가리고 달려든다. 내가 가진 권력(힘)이 약하면 강한 권력이 나를 더욱 힘들고 어렵게 만드는 속성이 있기 때문이다. 야속하지만 그것이 권력의 속성이다.

프리미어리그의 강등권에 처져 있는 팀들이 이중고를 겪듯이 백 없고 힘없는 인생은 이중고를 겪는다. 리그 둘 다 강등권을 벗어나려는 노력이 절실하다고 볼 수 있다.

프리미어리그 2014~2015년 시즌에 1위를 달렸던 레스터시티는 2013~2014년 시즌 2부 리그에서 우승하여 1부 리그로 승격되었던 팀이다. 그리고 2014~2015년 시즌 1부 리그에 올라와 초반 14위를 기록했던 약팀중의 약팀이다. 그러나 2014~15년 시즌 중반엔 당당히 1등이다.

레스터시티가 2부 리그에서 절치부심(切齒腐心)하여 새로운 신화를 만들어 가는 것처럼, 우리네 꼴찌들도 이를 악물고 지금의 처지를 대단히 분(憤)하게 여기며 앞으로는 뭔가 새로운 전기를 마련했으면 하는 게 나의 간절한 소망이다.

'슬픔은 이제 그만! 세상 평생 꼴찌로 살라'는 법은 없다.
절치부심하는 마음으로 새 출발을 하려는 꼴찌들에게 용기와 아낌없는 박수를 보낸다.

원망하지 말고
큰 원을 그려라

연필 짧다고 투정하지 마라.
크레파스 깨졌다고 불평하지 마라.
바닥이 울퉁불퉁하다고 원망하지 마라.

비록 내가 그릴 원의
환경이 열악하고 좋지 않다 하여도
그 상황에서 최대한 원을 크게 그린 사람이
결국 성공한 사람이 된다.
내가 그린 원이 곧 내 인생이다.

인생은 현실의 원망을 접고
더 큰 원을 그리려는 사람들의
전쟁터라 해도 과언은 아닐 듯싶다.

사업이 어려웠을 때
원망하는 마음을 접고 일에 몰두했다.

그 많던 꿈은 어디로 갔을까?

배움이 짧아 어떻게든 배워보려고
노력에 노력을 더했다.
몽당연필을 잡은 내 인생이었건만
원망하지 않고 큰 원을 그린 덕에
내 인생이 아름다워졌다.

당시는 서운했던 짧은 몽당연필
보잘것없는 깨진 크레파스에
울퉁불퉁 때 묻은 도화지였건만
유독 그 위에 그려진 그림(꿈)만은
아우라처럼 빛이 났다.

지금 내 현실이 어렵고 힘들지라도
내 꿈을 그려가는 노력만은
결코 중단되어서는 아니 된다.

머지않아 내 꿈이 이루어지리라는
희망의 옷을 입었기에 오늘이 있었고
앞으로도 그 희망의 옷을 벗지 않는 한
미래에 펼쳐질 내 인생도
두려움 없이 승승장구할 것 같다는
생각이 나를 웃게 한다.

세상에서 가장 정직한 것

결론부터 말하면 '땀'이더라.
땀 흘려 일하면서 땀이 알려주는 데로 걸었더니
세월 지나고 보니 그 길이 곧 참 길이더라.

결과 생각하지 않고 묵묵히 땀만 흘렸을 뿐인데
엄청난 기회를 보너스로 듬뿍 주더라.

사람은 거짓말을 해도 역시 땀만은 정직하더라.
그 신념에는 오늘도 변함이 없다.

암담한 현실 속에서도 땀을 흘려라.
그래야 미래의 '꿈'이 보인다.
어렵고 힘든 현실일수록 땀을 많이 흘려라.
그래야 성공의 기회가 찾아온다.

'인생의 모든 해답은 땀에 있다.'

그러면 꿈은 어디로 갔을까?

'세상에서 가장 정직한 것은 땀이다'라는 말을
다시 한 번 새겨들어야 할 것 같다.

꿈을 위해 울어라

울음 없이 새 생명이 태어나지 않듯 울음 없이 꿈이 이루어지는 것을 여태껏 보
지 못했다.

원하는 꿈을 이루기 위해서는 그 꿈에 합당한 울음을 더할 때, 그때야 비로소 꿈
이 이루어진다는 사실을 알고 우는 사람들이 많았으면 좋겠다.

너로 인해 내 심장이 뛴다

낙조가 어우러진 송도 국제도시 호빗랜드에서
지인의 소개로 명함 한 장을 받았다.
첫눈에 들어오는 문구가 내 가슴을 뛰게 했다.
'대한민국을 개척하라.'

갑자기 머리가 띵해졌다.
아하! 저런 열정을 가진 분이 계시구나!
장작을 피우는 내내
내 안에 열정을 지피는 시간을 가졌다.
쿵쾅쿵쾅 아직도 심장이 뛴다.

'개척자의 정신으로 내 안의 열정을 지피우자.'
나도 모르게 가슴에 무언가 꿈틀거림을 느꼈다.
아직도 그 해답을 찾고 싶어 안달이다.
대한민국을 이롭게, 내가 사는 지역사회를 이롭게,
더 나아가 이 땅의 젊은이들을 이롭게 하기 위해

무엇을 어떻게 해야 할까?

다시 한 번 배부른 자에서 탈피하여
배고픈 개척자로 돌아가는 심정
그 얼마만인가!
뜻하지 않은 명함 한 장의 귀한 선물로 인해
새삼 새롭게 거듭나고 변화되려는 의욕이
타오르는 참나무 불길처럼 활활 솟아오른다.

하물며 사람이다

굼벵이도 꿈을 가지면 태산을 넘을 수 있다.
달팽이도 꿈을 가지면 바다를 건널 수 있다.
하물며 사람이다.
'아무리 힘들어도 결코 꿈을 버리지 않을 때 내가 원하는 꿈이 현실이 된다'는 사실을 믿었으면 좋겠다.

꿈의 교향곡은
기술, 경영, 노력의 3박자로 구성되었다

누구나 꿈을 갈망한다.

그러나 성공하는 사람은 그리 많지 않다.

성공한 사람들은, 내가 준비한 노력보다 시장의 평가가 훨씬 더 차갑고 냉정하다는 사실을 아는 사람들이다.

이것이 현실이다.

불황일수록, 레드오션의 시장일수록 기술, 경영, 노력의 3박자를 요구한다.

노력은 백 번을 강조해도 틀린 말은 아니지만 노력 하나만으로 시장에서 승부를 건다는 것은 때로는 무모할 때가 있음을 알아야 한다.

노력의 결과는 보너스일 뿐이고 꿈(성공)의 교향곡이 세상에 울려 퍼지기까지는 기술, 경영, 노력의 3박자가 서로 어우러졌을 때 가능하다는 것을 알아야 하겠다.

인생 외롭지 않아야 한다

'청춘은 꿈을 먹고살고, 노인은 추억을 먹고산다'라는 말이 있다. 이 말을 풀어보면 '젊은이는 꿈이 있어야 외롭지 않고, 노인은 추억이 있어야 외롭지 않다'라는 의미로 해석할 수 있겠다.

'꿈이 없는 인생은 추억도 없다.'

요즘 생각 없이 사는 젊은이를 보면 '저 친구 지금도 문제지만, 나이 들면 참 외롭겠구나' 하는 생각을 하게 된다. 인생 외로우면 서글픈 법인데 지금 자신도 모르게 그 외로운 길을 걷고 있는 것이다. 지금 젊다고 허송세월 보내다가 나중에 나이가 들면 밀려오는 외로움, 어떻게 감당할지 씁쓸한 생각이 든다.

'꿈과 열정이 강해야 추억도 쌓인다'는 생각을 미리 좀 가졌으면 좋겠다. 청춘의 외로움은 슬프지만, 나이 들어 외로움은 참지 못할 고통일 테니까 말이다.

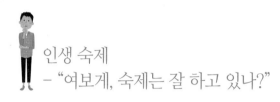

인생 숙제
– "여보게, 숙제는 잘 하고 있나?"

미련 없이 다 태우고 가야지…….

내가 나에게 묻는다.
"여보게, 인생 숙제하러 왔으면 숙제는 깔끔히 하고 가야 되지 않
겠는가?"라고 묻는다.
순간 멍해진다.

하늘이 나에게 준 숙제가 무엇인지?
해답을 찾았다면 지금 그 숙제를 다 하고 있는지?
하늘이 나에게 준 달란트는 잘 사용하고 있는지?
고민하고 있다.

숙제 안 하고 학교 가는 불량학생처럼 숙제(a Lifework) 안 하고
갈 수는 없지 않은가?
굳이 하늘나라에 가서 회초리 맞을 일 없지 않은가!

그땐들 꿈 어디로 갔을까?

내 나이 지천명(知天命).

지금이라도 내 인생에 주어진 숙제를

차근차근 풀어가는 멋진 모습으로 살아가고 싶다.

산(山)은 저의 희망입니다

산(山)은 저의 소중한 꿈입니다. 그 친구들이 내 안에 있는 한 저는 당당할 겁니다. 저는 세상과 맞서 절대로 기죽지 않으렵니다.

나는 식스팩을 가진 멋진 남자

나는 식스팩을 가진 멋진 남자다.
태권도로 다져진 몸매 때문일까?
아니면 닭 가슴살을 먹으며 헬스로 다져진 몸일까?
궁금해 하는 분도 있겠지만
분명 식스팩을 확실히 가진 남자임에는 틀림없다.

내 안에는 6개의 팩이 있다.
나는 그것 때문에 당당하고
나는 그것 때문에 행복하다.
식스팩은 언제나
나를 지켜주는 든든한 백(Background)이었다.

한쪽이라도 없으면
내 인생은 절름발이가 될 거라는 생각
그 생각으로 20년 동안 식스팩을 만들었다.
오늘

그 6개의 팩을 여과 없이 공개하려고 한다.

1. 꿈의 팩
2. 배움의 팩
3. 일의 팩
4. 열정의 팩
5. 배려의 팩
6. 인연의 팩

지금 웃을 수 있는 것도 식스팩 때문이요
'앞으로도 내 인생은 웃을 일만 있겠다'라는 자신감.
그 역시 식스팩에서 나왔다.
평생 가져가야 할 식스팩.
꿈, 배움, 일, 열정, 배려 그리고 인연
오늘도 그 녀석 보면서 웃는다. 행복하다.

기준, 기준 쉽게 말하지 마라

세상에 행복한 사람은
일하는 일터가 있고 사랑하는 사람이 있으며
미래의 희망이 있는 사람이다.

세상에 행복한 사람은
일과 사랑의 품질 그리고 미래 꿈의 기준을
한 단계 더 끌어올리려는 사람이다.

기준을 끌어올리는 일
생각보다 쉽지 않다.
그러나 행복을 위해서
반드시 끌어올려야 한다.

짧은 인생
후회라는 더러운 단어와
함께 하고 싶지 않다면…….

작은 샘을 파면
적은 물만 나온다

혼자 먹는 물보다 나눠먹는 물이 더 맛있다.
이왕 샘을 파려거든 큰 샘을 파도록 하자.
작은 샘을 파면 적은 물만 나온다.

오늘 하루도 이왕 삽을 들었으니
큰 샘을 파는 하루가 되고
가능한 세상에 폭넓은 관심을 갖도록 하자.

그것이 모두
내 행복의 파이(Pie)를 키우는 일일 테니…….

멋진 하루는 신이 주는 것이 아니라
내가 만드는 것이다.

인생은 기차다

인생은 딸랑 한 칸짜리 열차가 아닌
인연이라는 객차 여러 량을
함께 매달고
행복이라는 종착역을 향해 달리는 기차다.

인생은 기차다.
기차가 늦으면 승객은 기다려야 하지만,
승객이 늦으면 기차는 기다리지 않는다.

배우기를
멈추지 않는 사람

노력과 도전 없이
저절로 핀 꽃은 없다.

달란트 값은 하고 가야지

없는 재능도
애써 노력해
만들어 써야 하는 시대다.

없는 달란트도
만들어 써야 하는 시대다.

하물며
태어날 때 부여받은
달란트마저
알뜰히 쓰고 가지 못한다면
인생 참 슬플 거 같다.

삶에 자신감이 없고
도전을 앞에 두고 겁을 먹는
무기력한 청년들에게…….

젊음의 자산은 금 쪼가리다

금 쪼가리 같은 젊음이다.
천금과도 바꾸지 않을 젊음이다.

그러나 이 금덩이는
세월이 가면 자동 산화하는 금덩어리다.

무늬만 금덩어리일 뿐
금세 내 것이 아니라는 걸
모르고 사는 젊은이가 많은 것 같다.

명작(名作) 하나 만들기 위해 도공은 100개의 도자기를 부순다는데 열정 없이 꿈
을 이룬다는 것은 아마도……

열정 무한리필

삼겹살 무한리필도 아니다.
프린터 무한리필도 아니다.
먹는 거나 사용하는 것은
무한리필 받고 싶지 않다.

다만
'열정 무한리필'이라면
그것은 감사히 받고 싶다.

열정(Passion).
죽을 때까지 놓고 싶지 않은
보물 같은 단어 같아서…….

지금 내 인생은
몇 페이지인가?

내 인생은 책처럼 흐른다.
지금 몇 페이지나 보고 있는지
잠시 책갈피를 꽂아본다.

처음 책을 손에 쥐었을 땐
퍽이나 두꺼워 보였다.
(인생이 그렇고, 젊음이 그런 것처럼…….)

그러나 어찌 된 일인지
이제는 읽은 페이지가
읽지 않은 페이지보다 더 많다.

책 읽는 속도가 이렇게 빠른가?
다시 한 번
세월의 빠름을 실감한다.

배움은 뇌의 호흡이다

심장 박동을 통하여
몸이 살아있음을 증명하듯
날마다 배움이 있어야
정신도 살아 숨을 쉰다.

배움은 뇌의 호흡이다.
되돌아보면
힘들 때 배움을 가까이했던 게
재기의 큰 힘이 되었다.

어제의 나 그리고 오늘의 나

어제(과거)의 내 모습, 현재의 내 모습, 미래의 내 모습. 당신은 어떤 모습에 후한
점수를 주고 싶습니까?

1년을 배우면
1년이 젊어진다

'꿩 먹고 알먹고'라는 말이 있습니다.
일거양득(一擧兩得), 일석이조(一石二鳥).
이 말은 한 번에 두 가지 이상의 이익을 얻거나
좋은 일이 연속으로 생길 때 쓰는 말이지요.

저는 배움에 대한 확고한 신념이 있습니다.
첫째, 아는 것이 부족하니 배우려 애씁니다.
둘째, 배운 만큼 삶의 열정이 살아나는 것 같습니다.
셋째, 배우면 배운 만큼 젊어지는 것 같습니다.

'1년을 배우면 1년이 젊어진다.'
제 삶의 경험에서 우러나온 이야기입니다.
저는 대학 졸업 후 15년을 배웠고
그 덕에 남보다 15년은 더 젊게 사는 것 같습니다.

지금도 기타며 태권도며 닥치는 대로 배웁니다.

저의 소박한 삶의 이야기가
사회에 나서는 젊은이들에게 약이 됐으면 합니다.
제발 배움에서 손을 놓지 마십시오.

참 많이 부족한 거 같다

세월이 가면 갈수록 참 많이 부족함을 느낀다. 세상에 드러난 스펙만으로는 으스
대며 폼 잴 만도 한데 한겨울 팬티 차림으로 허허벌판을 걷는 것처럼 참 상당히
춥고 떨린다.

모든 것은 때가 있다

'모든 것은 때가 있구나' 하는 것을
요즘 들어 절실히 느낀다.
인생이 야속하다는 것은 이럴 때를 두고 말하나 보다.
꼭 때를 놓치고 나서나
아니면 어려움을 겪어봐야 느낄 수 있으니 말이다.
사람은 어려워봐야 세상이 바로 보인다.

배울 때 배워야 하고
일할 때 일해야 되고
돈 모을 때 돈 모아야 되고
사랑할 때 사랑해야 한다.

한 끼 식사는 거르더라도
굶주린 배는 얼마든지 다시 채울 수 있지만
한 번 놓친 기회는 다시 얻기 힘들다.

배우고 싶어도 눈이 침침하고
일하고 싶어도 일할 곳이 없고
사랑을 하고 싶어도 열정이 살아나지 않을 때,
그때는 참 슬플 것 같다는 생각이 든다.

아마도 지난날에 비해

배움의 공백이 커서 그런가 보다. 겸허한 마음으로 좀 더 배움을 향해 다가가야
겠다.

생각의 나사

생각의 머리 부분을 잡고
오른쪽으로 천천히 돌려봅니다.
내 마음은
너트(Nut)를 향해 달려가는
볼트(Bolt)를 닮았나 봅니다.

생각의 나사는
채우면 채울수록
내 삶도 견고해지나 봅니다.

생각 없이 살아가기보다는
냉철한 마음으로
자신의 현재 모습을 반성하며
일신 우일신 거듭나는 삶에
입을 맞추는
착한 사람이 많았으면 좋겠습니다.

혼나며 시작하는 하루

잘난 척하지 마라.
바람이 꾸짖네.

아는 척하지 마라.
구름이 꾸짖네.

가진 척하지 마라.
하루가 꾸짖네.

건강한 척하지 마라.
세월이 꾸짖네.

담배 피우지 마라.
마누라가 꾸짖네.

난 스승이 많은 부자일세……

누가 나를 아프게 할 때
누가 나를 힘들게 할 때
그 사람을 원망하기보다는
'아! 저분이 나의 스승이구나!' 하고
마음을 삭혀버린다.

긍정의 라이터는 그때 필요한 것일까?
타오르는 불꽃에 미움을 태우며
마음속의 각오를 다져본다.

나만의 고유한 시간(Unique Time)
그 시간이 나를 살리는 시간이다.

눈 한 번 딱 감고
마음속 미움을 태워버리면 그만인 걸
왜 마음에 가두고

힘들어했는지 모르겠다.

미움, 아픔, 배신감, 실망감.
마음에 가둬두면 두 번 아프지만
그럴 때 스승 만났다 생각하고
홀가분하게 태우면 마음이 웃는다.

배움이 약하면 인생도 허약해진다
배움은 인생의 근육과 같다. 근육이 없으면 뼈가 고달프듯 배움이 없으면 인생이
고달파진다. 그것이 애써 배우려는 이유다.

배움은 영혼의 호흡이다

사람들은 육체의 호흡만이 자기 자신을 지속시키는 유일한 방법으로 알고 있다.

그러나 육체의 호흡만으로는 자기 자신을 지속시킬 수 없다.
영혼도 함께 따라 숨 쉴 때 온전한 인간이 된다는 사실을 알아야 하겠다.

대다수의 사람들은 20대가 지나면 현실과 삶에 쫓긴다는 이유로 배움을 멀리한다.
그러면서도 자신은 이미 세상의 많은 것을 다 알고 있다고 착각을 하며 살아간다.

배움은 영혼의 호흡이다.
배움이 멈추는 순간 나는 육체라는 외발로 세상을 외롭게 살아가는 인생이 된다는 철든 생각을 한 번 가져보는 것도 좋을 듯하다.

인생의 크기는 20대 이후의 배움 크기와 같다.
이 말에 토를 달 사람 있을까?

죄송하다는 말 쉽게 뱉지 마라
20대 젊은 날, 핑곗거리 만들지 마라. 죄송하다는 말, 자주 뱉지 마라. 습관 될까
두려우니.
멀쩡한 인생 구차해질까 두려우니……

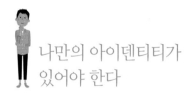

나만의 아이덴티티가 있어야 한다

결론부터 말하면, 나는 아직 철이 들지 않은 사람이다. 이유는 간단하다. 내가 행복하고, 내 가족이 행복하고, 나와 함께 하는 사람들이 행복하고, 나아가 내가 사는 이웃과 대한민국 국민이 행복했으면 하는 바람으로 살아가기 때문이다.

'갑질 논란과 이기 성향이 도를 치닫고 있는 세상에서 참 바른 생각을 가지고 사는구나!'라고 좋게 말할지 몰라도 정작 당사자인 자신은 피곤하다.

피곤하고 욕먹는 그 길이지만, 바보같이 쉽게 그 마음을 버리지 못한다. 아마도 그것이 내 인생의 운명이요, 숙제로 받아들인다.

사람 좋아서 어따 쓰려고……. 이래도 흥, 저래도 흥……. 좋은 게 좋다는 식으로 남에게 욕 안 먹고 현명(?)하게 사는 사람은 많아도 나처럼 어떤 일이든 그냥 넘어가는 게 없고, 매사 까칠한 사람은 왠지 찾아보기 힘든 세상이다.

그러나 세상 행복을 나만 즐기고 간다는 것은 죄악일 듯싶다. 좋은 게 좋다는 식의 사고야말로 가난을 이길 힘이 없어진다. 좋은 게 좋다는 식의 사고야말로 조직을 파괴하는 암적인 존재다.

예스와 노를 분명하게 말할 수 있는 사람이 많아졌으면 한다.
예스와 노를 분명하게 말할 수 있는 조직이 성공하는 세상이다.

우선 달콤한 말보다는 훗날 서로가 윈-윈(Win-Win) 하는 관계가 되었으면 좋겠다. 때로는 까칠한 성격으로 다가서는 사람이 고마운 사람이요, 아직 철이 덜든 사람처럼 아프게 말하는 사람, 그런 괘씸한 인간이 서로를 행복하게 하는 묘약이 될 수 있음을 한 번쯤 생각해주면 고맙겠다.

짜증도 습관 된다
한 번 참고 나면 모두가 다 좋을 것을 고놈의 성격 때문에 짜증내고 서먹하게 살아가는 내 모습이 우습다.

참 스승이란?

스승의 날이 다가온다.
매년 이맘때쯤이면
늘 그렇듯
참 많이 반성이 된다.

학생들에게 무엇을 줄까?
빚쟁이가 된 느낌이다.

밤잠을 설치며
고민하는 사이에
벌써 동이 튼다.

적어도 나는
당장 써먹을 지식을
던져주기보다는
10년, 20년 후에 써먹을

126

지혜를 전해주는
참 스승이 되고 싶다.

내가 전해주는 지혜가
청춘들의 앞날에
성공의 풍향계가 되어 준다면
분명 지금의
하얀 분필가루가
산삼보다 훌륭한
보약이 될 텐데…….

버릴 줄 알아야 얻는다

버릴 줄 알아야 얻는다. 세숫대야 구정물 버리지 않고서는 새 물을 받지 못한다.
배움도 마찬가지다. 한 번 배운 지식으로 평생을 우려먹으려는 사람이 있다. 아
니 될 일이다.

열정을 선물하는
스승이 되고 싶다

몇 년 안 되는 스승의 길.

정말이지 꿈을 향해 쉼 없이 정진하는 똑똑한 제자를 만난 기쁨은 나에게 과분한 행복이었다.

똑똑한 제자들에게 지식과 지혜를 가르쳐주고, 사랑과 배려의 마음 그리고 인생 경험을 들려준다는 것이 얼마나 소중한 것인가!

처음 교수가 되고 스승이라는 자부심과 교수라는 명예도 있어 참좋았다.

그러나 교수로 지내온 몇 년을 회상해보면 돌아오는 것은 부족함밖에 없다는 생각, 그 생각이 나를 힘들게 했다.

매번 최선을 다하고, 그런 마음으로 분필을 잡았지만 늘 미안한마음은 어쩔 수 없는 것 같다.

나의 그러한 부족함에도 제자들로부터 "고맙고, 감사하다"라는 과분한 칭찬도 들어야 했다.

생가보다 후한 교수평가도 받아 솔직히 부끄럽고 창피하다.

오늘은 스승의 날이다.

스승의 날은 스승이 제자에게 선물하는 날로 바뀌었으면 좋겠다.

그래야 그날 하루만이라도 두 어깨에 짊어진 책임이라는 멍에를
잠시 내려놓을 수 있을 테니까……

학교를 향하는 발걸음이 그리 가볍지 않을 것 같아 무작정 꽃집
을 향했다.

학생 수만큼 장미꽃을 포장해서 트렁크에 실었다. 사랑하는 제자
들 모두 장밋빛처럼 붉은 열정을 닮으라고 선물하고 싶어서…….

눈 깜짝할 사이

가을 한 조각은 집게로 물려놓을 수 있지만, 시간은 그것마저 허락하지 않는다.
그래서 열심히 살 수밖에 없음을 흐르는 시간 속에서 배운다.

왕년은 잊어라

개 폼 잡지 말고 왕년은 잊어라.
왕년 병에 걸려 폼을 잡으면
폼을 잡을수록 내 인생은 '꼰대'가 되어 간다.
'왕년 병'은 겉 포장지에 불과하다.
인간이 겉포장만 심해지면 교만만 더해간다.

현실의 모습이 진정한 내 모습이다.
늙은 생각을 가지고 세상에서 이룰 것은 없다.
늙은 생각을 가지고 가르치려 하기 전에
지금은 배울 때임을 통감해야 한다.

자고로 경력이 쌓이고, 나이 들어 할 일은
더 듣고, 더 배우기를 힘쓰는 일이다.
왕년만 찾다가 꼰대가 될 것인지
배우기를 힘쓰며 존경받는 리더가 될 것인지,
그것은 온전히 당신의 몫이다.

그 많던 꿈 어디로 갔을까?

지식도 세월 따라 늙는다

사람이 늙으매
세월 따라 지식도 따라 늙는다.

'아는 만큼 보인다'고 했는데
그나마 알고 있는
쥐꼬리만 한 지식도
이젠 뿌옇게 먼지만 날린다.

앉아서 불평만 늘어놓기는
내 나이가 너무 젊다.

이제라도 배움의 시간을 늘려
활력을 되찾는 일
그 영양가 있는 일에
열정으로 다가서고 싶다.
더 늦기 전에…….

역경은
고난의 탈을 쓰고 온 축복이다

쉬던가, 아니면
목표한 일에 대차게 대들어라.

사업은 어려워야 한다

손쉽게 사업이 잘 되면
너도 나도 다 사업한다.

누구나 다 사업해서
다 잘 될 것 같으면
누가 직장에서 일하나.

직장인 한 번 울 때
세 번, 아니 열 번
울 각오가 된 사람만이
진정 사업을 할 수 있는
자격을 가진 사람이다.

그럴 자신 없으면
자영업 시작하지 마라

간판 없는 집 무간판으로
장사할 자신이 없으면
자영업 시작하지 마라.

간판이 없어도
'내가 간판이다' 하는
배짱을 가진 사람만이
자영업 자격이 있는 사람이다.

흔한 프랜차이즈 간판에
기대를 걸었다면
일찍 포기하는 게 낫다.

'내가 간판이다'라고
당당히 외칠 사람만
자영업을 시작했으면 좋겠다.

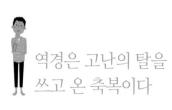

역경은 고난의 탈을
쓰고 온 축복이다

역경의 효용은 달콤하구나.
역경이라,
네가 어려운 길로 오지 않았다면 나는 결코 아무것도 되지 못했으리라!
– 윌리엄 셰익스피어

역경을 짊어지기 싫어했거나
역경을 원망했다면
오늘의 이 행복이 있었을까?

내 인생 고난의 시기가 없었다면
지금처럼 단단해졌을까?
젊은 날에 찾아온 고난이
두고두고 고맙게 느껴지는 아침이다.

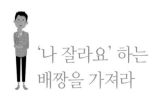

'나 잘라요' 하는
배짱을 가져라

10년 회사생활을 하던 때
언제나 마음 한편에는
'하시라도 맘에 안 들면 나 잘라요' 하는
배짱으로 회사 일을 했다.

'내가 조직에 보탬이 안 되고
회사 발전에 도움이 안 된다면
언제라도 해고해도 된다'라는
메시지를 가슴에 품고 다녔다.

창업을 위해 사표를 쓰고
10년 직장생활 마감하는 날
배짱 가지고 한 점 부끄러움 없이
소신껏 살아온 나에게
스스로 박수를 보냈다.

고용보험이나 해고수당도 없을 때
늘 마음에 품고 살았던 그 배짱이
오늘날 나를 키운 것 같다.

성공 비즈니스의 최대 무기

간절한 마음, 간절한 눈빛, 간절한 노력. 이 간절함 3종 세트는 비즈니스맨이 반드시 가져야 할 필수 무기다.

STEP 4 — 일의 근

나를 위해 살지 말자

날 위해 산다는 것
왠지 옹색하잖아.
잘 되면 누가 말을 안 해도
다 자기 것이 될 텐데.
굳이 자기 위해 산다는 것은
왠지 깍쟁이같이 보인다.

이왕이면 눈을
조금 높은 곳을 두고 가라.
내가 좀 더 배우면
내가 좀 더 일하면
내 가족들이 편하겠다는 마음.
좀 더 나아가
내가 잘 돼야
국가와 사회 그리고 모교에
도네이션(Donation)도 가능하다.

내가 공부하는 이유
내가 열심히 일하는 이유
이게 다 가족을 위하고
이웃을 위한다는
큰 생각을 할 때
하는 일에 힘도 덜 들고
결국 성취도 빨라진다.

망치를 던져버렸다

일하다가 힘이 들어 망치를 던져버렸다.
마음이 편할 줄 알았는데 눈물이 난다.

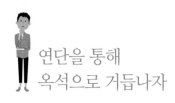

연단을 통해
옥석으로 거듭나자

쇠도 담금질을 통해서 단련이 되듯이 인생도 담금질의 과정이 필요하다. 연단(鍊鍛, Refine)이란 금속을 태워 불순물을 제거하거나 육체 또는 인격을 단련하여 성숙한 상태로 만드는 것이다.

연단(鍊鍛, Test)의 고통 없이 새로운 나로 거듭나는 것은 불가능한 일이다. 고통 없이 옥석이 되지 않는다. 불순물을 제거하지 않고 어떻게 리더가 되려 하는가!

남에 의한 고통은 슬픈 일이지만, 자신 스스로 고통을 체험하면서 자신을 새로운 나로 거듭나게 하고, 변화시키는 일이야말로 리더의 덕목이다.

자신의 나약함에 스스로 회초리를 들자. 남이 보지 않을 때 수없이 자신을 연단하고, 단련한 사람만이 성공하는 세상이다.

땀으로 번 돈이 내 돈이다

돈에 이름표가 없다.
그러나 땀으로 번 돈은
자신의 이름표가 붙는다.

자신의 이름표가 붙은
돈만을 모으는 것,
그것은 행복을 모으는 것이다.

불황일수록
쉽게 벌려는 마음을 버리고
땀으로 돈을 벌려고 하라.

패배의식에 젖지 마라

세상에 가장 걸리지 말아야 할 병은
'패배의식이란 병'이다.
한 번 실패했다고, 한 번 눈물 흘렸다고
모든 일을 시도조차 못했고
이리저리 재는 건 패배의식에서 나오는 결과이다.

툭 쳐라.
'한 번 실패했으면 됐지' 하는 오기를 가져라.
오기는 언제나 패배의식보다
앞 순위를 차지하고 있다.

한 번 눈물 흘렸다고, 한 번 실패했다고
두려움을 갖는 건 바보 같은 짓이다.

배짱을 가져라.
더 아프게 해봐라.

더 힘들게 해봐라.

'그래도 나는 이길 테니까' 하는

그 배짱이 오늘의 나를 만들었다.

실패는 성공의 자양분(滋養分)이다

실패는 아픔만 주는 것이 아니라 성공의 자양분(滋養分)을 함께 주는 것이다.

'악의(惡意)의 상처는 두고두고 상처로 남지만, 선의(善意)의 상처는 내가 성공을 하면 두고두고 자랑거리가 된다.'

이것이 실패를 두려워 말고 끝없이 도전해야 하는 이유다.

인생에는 대타가 없다

축구는 선수 교체도 있고, 야구는 대타라도 있다. 그러나 요놈의 인생은 선수 교체도 없고 대타도 없다. 죽으나 사나 외로운 싸움을 해야 하는 현실이다.

외로운 싸움하라고, 왜 나에게만 힘든 일 있게 하냐고 주어진 현실을 타박해본들 자신만 초라해진다. 어려울 때일수록 그래 까짓 것 질 때 지더라도 끝까지 최선을 다한다는 각오가 무엇보다 절실하다고 본다.

내가 못 배웠을 때는 못 배웠다고 무시당하고 가진 것이 없을 때는 이유 없이 까이는 것도 모자라 한때 어려움을 당하니 있던 사람들도 멀리 가더라.

화장실에 달려가 변기를 닦고, 녹슨 기계를 닦았다. '10대 0으로 지고 있다 해도 한 골을 따라붙자'는 오기가 발동했다.

많은 세월이 지나고 나니 나를 무시하고, 이유 없이 까고, 멀리 달아난 사람들이 내 편이 되어 돌아오더라. 그게 세상이다.

어렵고 힘들 때 분을 이기지 못해서 부글부글 끓는 속을 마냥 소주나 담배로 채웠다면 초라한 인생이 되었겠지…….
생각해 보면 끔찍한 고난의 강을 건넌 것 같다.

그땐 참으로 힘들었는데 한때 힘들었던 고난의 강이 이제는 축복의 강이 되어 흐른다. 그간 애써 참았던 눈물이 난다. 똑같은 눈물일 텐데, 미리 포기를 하고 울었다면 지금의 이 행복을 맛볼 수 없었겠지…….

'아침에 눈을 뜨는 게 지옥이다' 하는 분들에게는 분명히 이 말이 사치스럽게 들리겠지만, 울 일이 있어도 조금 참고 다시 한 번 힘을 내서 살아보자. '세상에 죽으라는 법은 없다'는 메시지를 던지고 싶다.

터널 속에서도 인내가 필요하다.
칠흑 같은 터널에 갇혀있다면 누구든지 빠져나오려고 안간힘을 쓰겠지만 나는 빨리 빠져나오려고 무리하지 않았다. 인고(忍苦)의 세월이랄까? 묵묵히 참고 그 안에서 할 일을 찾았다.
터널에서 무리하게 빨리 빠져나오려고 했던 사람은 더 큰 구렁텅이로 빠졌지만 나는 의외로 생각보다 빨리 햇빛을 보게 되었다.

포기하지 않고 스스로를 믿었던 용기, 어려움에 처해있을수록 일을 놓지 않는 끈기, 좌절하지 않고 때를 기다리는 오기. 그것이 터널을 빠져나오는 생명 줄이었음을 만 십 년이 흐른 뒤 뒤늦게 알았다.

- 힘든 일, 고된 일 마다하지 말고 일을 찾아 나서자.
  (실직자, 구직자, 은퇴자)
- 일터가 있음을 감사하게 여기자.
- 일 속에 사랑과 행복이 숨어있음을 알자.

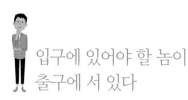

입구에 있어야 할 놈이
출구에 서 있다

성공의 입구를 찾아 부단히 노력을 해야 할 때 아무 생각 없이 출구에 앉아있는 모습이랄까? 아무 생각 없이 젊음에도 불구하고 하루하루를 보내는 젊은이들을 보면 참으로 안타깝다는 생각이 든다.

'20대 물줄기를 따라 인생이 흘러간다'라는 말을 들려주고 싶지만 내 말을 듣지 않을까 싶어 그냥 체념하고 돌아서는 발걸음이 무겁기만 하다. 내 말을 알 때쯤이면 이미 늦는데……

성공의 계단 입구에 있어야 할 놈이 출구에 서 있다. 왜 서있는지도 모르고 있기에 안타까움만 더한다. 가서 손에 넣어줄 수도 없고 ……

깨어 있을 때 도전이 가능하다
아프니? 힘드니? 그래도 언제나 살아 깨어있으라. 이건 명령이다.
(이 말은 내가 아프고 힘들 때 나 스스로를 향해 내린 명령의 하나다.)

너, 열심히 하고 있잖아

웃자.
웃자.
짜증 난 거 좀 접고 웃자.

세상사
뭐 나만 예쁘다고
모든 일이
척척 내 입맛대로 되겠느냐.

짜증난 일 있어도
힘든 일이 있어도
웃자.
또 웃자.

힘들 때 위로가 되는 말 한마디

힘들 때마다
어려울 때마다
보리에 다가가 배웠다.
보리는 밟아줄수록 강해진다고…….

보리를 닮은 내 인생.
밟아주면 더 단단하게 보리처럼
힘들 때마다 투정 부리지 않고
보리의 마음을 지켜왔다.

'그래 더 밟아!'
'네가 밟는다고 죽을 내가 아니니까…….'

배짱도 보리를 닮아서인지
세상 모진 풍파
잘 이기며 살아간다.

멍석을 깔아줘도 못한다

멍석을 보면 생각나는 것 두 가지가 있다.

첫째는, '멍석 깔아줄 때 고마움을 알고 열심히 해야 된다'는 것이다. 내가 해야 하는 공부, 내가 해야 할 일. 모두 다 때가 있음에도 불구하고 게으름을 부리고 있다면 한 번쯤 반성해야 할 일이다. 세상사 인과응보(因果應報)다. 모든 게 뿌린 대로 거두게 되어 있다. 젊었을 때 밭을 갈지 않으면 노년에 고생을 하듯 멍석 깔렸을 때 하지 않으면 맨땅에서 고생을 하게 된다.

둘째는, 멍석처럼 인생도 오르막 내리막이 총총히 짜여 있어야 비로소 단단해진다. 바닥에 깔린 멍석이 수십 번, 수백 번의 오르막과 내리막을 통해 비로소 완성이 되어 땅에 깔리듯 인생도 숱한 좌절과 도전을 통해 원하는 인생이 완성된다는 것이다. 평일 점심시간 오침보다는 나 자신에게 '여유'를 선물하는 힐링의 시간이었다. 오늘처럼 밖에 나가서 세상을 바라보는 게 얼마나 행복한지 새삼 느껴보는 봄날의 오후였다.

힘들 때마다
한 단계 업그레이드

내 인생 힘들 때마다
한 단계, 두 단계 점프 업을 했다.
어려울 때마다, 힘들 때마다
절박함과 간절함으로
얽히고설킨 일들을 풀어왔다.

'풀리지 않은 실타래는 없다.'
예나 지금이나
그 믿음에는 변화가 없다.

무슨 복이 많아서일까?
힘들 때마다 내 인생을 한 단계
업그레이드했다는 것
복도 스스로 부른다는 것,
그것은 분명
내 인생에 크나큰 축복이었다.

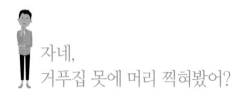

자네,
거푸집 못에 머리 찍혀봤어?

인생 쉽게 살려고 하지 마라.
성공 거저먹으려하지 마라.

크게 내세울 것은 없지만 흙수저로 태어나 그래도 이만한 성공이 있
기까지 여러 번 다치며 죽을 고비를 넘긴 것이 다반사였던 것 같다.

플랜트 엔지니어, 기술인으로 걸어온 삶. 거친 현장에서 말단 기
사 생활을 시작으로 대리, 과장, 차장을 거치다가 창업(Start-Up)
을 했다.
맨주먹으로 사업을 시작해서 작지만 강한 중소기업 하나를 만들
어 놓는다는 게 말처럼 그리 쉬운 일은 아니었지만, 어려울 때마다
좌절하지 않고 '쟁이 정신' 하나로 살아온 듯하다.

지금 생각해 보면 사업 성공의 모태는 육군 일등병 시절 휴가를
나와 서울 효창운동장에서 군인 신분으로 막노동을 했던 일이 성
공의 마중물이 되었지 않았나 하는 생각이 든다.

효창운동장 증축공사 현장은 거칠기로 소문난 공사 현장이자 위험한 공사 현정이었다.

당시 내게 주어진 일은 콘크리트를 받치고 있던 거푸집을 떼어내는 작업이었다.

내게 일을 할 때는 야무지게 하는 습관이 있었다.

한참을 일에 몰두하여 작업을 하던 중이었는데 갑자기 꽝 머리에 무언가 부딪는 소리. 정신을 잃을 뻔했지만 정신을 차리고 보니 떨어진 거푸집이 내 머리를 찍었고 뭔가 박힌 상태였다. 주변에는 아무도 없고 도움의 손길도 없다.

잠시 후 안면으로 주르르 피가 흘렀다. '머리에 뭐가 박힌 거 아닌가?' 순간 당황되었지만 정신을 차리고 머리에 박힌 못을 빼려 했다. 하지만 정수리 앞쪽에 깊이 박힌 못은 꼼짝도 하지 않았다.

참으로 큰일이었다. 짧은 순간이었지만 별의별 상상이 머리를 혼란하게 만들었다. '죽지는 않겠지. 빼자~~~.' 마음속으로 기도하며 쪼그려 앉듯 주저앉아 버렸다.

머리에 박힌 못이 쏙 빠지면서 피가 솟구쳤다.

넋을 잃고 있을 무렵 마침 현장소장이 달려왔다.

"자네 어떻게 된 거야?"

혼비백산 한 걸음에 달려온 소장님께서는 담배 몇 개비를 손으로

뭉개 내 머리에 지혈을 해주셨다.

정신을 차려봤다. 모든 정신이 돌아온 듯하다.
소장님께서도 안심이 된 듯 담배를 뿜고 계셨다.
"자네, 오늘 들어가서 쉬어!"
단호하게 말했다.
"아뇨. 조금 더 두고 보고 하던 일 마무리할게요."

그렇게 일주일을 일을 하고 부대에 복귀했다.
스물세 살의 나이에 경험했던 일이 삼십 년이 지나도 잊혀지지 않
는다. 그만큼 그때의 일이 내 생에 삶의 의지를 불태우는 마중물이
되었지 않나 하는 생각이 든다.

현대 정주영 회장께서 부하직원들이 "어렵습니다"라고 말을 할
때 "이봐! 해봤어?"라며 호통을 치시듯 현실이 어렵고 미래가 암울
하다고 여기는 젊은이들에게 "이봐! 자네, 거푸집 못에 머리 찍혀봤
어?" 그 한마디를 묻고 싶다.

여보게, 젊은이

젊은 몸뚱이 아끼지 마소. 아무리 싸매놔도 이자 붙는 법 없더이다.
젊은 몸뚱이 마음껏 쓰소. 아무리 써도 부서지지 않는 게 몸뚱이더이다. 그리고
사랑이더라.

내 인생의 바람막이

옆에서 우산 받쳐주는 것
좋아하지 마라.
주변의 도움을 좋아하는 사람은
언젠가 비를 맞게 되어 있다.

'자립'이라는 우산을 준비하라.
자립 우산은
준비할 때는 힘들지 몰라도
한 번 준비하고 나면
평생 비를 피할 수 있는 우산이 된다.

오늘도 곁에서 받쳐주는 우산
정중히 사양을 하고
'나 스스로'라는 인생의 우산을
미리 준비하는
청춘들이 많았으면 좋겠다.

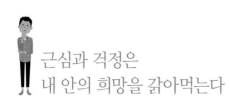

근심과 걱정은
내 안의 희망을 갉아먹는다

육신이 약하면 하찮은 병균마저 달려들 듯
정신이 약하면 사소한 근심도 진드기처럼 달라붙는다.

근심과 걱정은 희망의 적이다.
근심과 걱정은 희망을 갉아먹는 좀 벌레다.
내 안의 근심과 걱정을 털어내는 일,
그것이
인생 희망의 첫 번째 단추임을 알아야 한다.

걱정, 근심, 두려움은 인생의 덫이자 올가미다.
힘들어도 툴툴 날려버리고 자신감을 갖자.
그것이 너의 본 모습일지니~~~.

인생 한 번 피어 보지도 못하고 희망을 잃어가는 분들께 희망의 작은 꽃씨 하나
쥐어 주고 싶다.

그 땅덩 꿈 어디로 갔을까?

힘들 때 위안이 되는 명언

힘들 때마다 타고르의 명언을 떠올리게 된다.
"신(神)은 우리의 의지를 시험하기 위해
길마다 여러 장애물을 놓으셨다."

장애를 이겨내는 인간의 의지야말로 숭고한 것이다.
앞서 장애물을 뛰어넘어라.
그것이 리더가 할 일이다.

인생의 장애를 탓하지 마라.
인생의 고난을 야속해하지 마라.

미운 놈은 매도 안 든다.
다 사랑해서 주는 시련과 아픔.
극복하고 더 높은 곳에 올라서라는
조물주의 뜻이겠지.
항상 그렇게 마음먹으니 세상살이가 즐겁다.

역시 믿을 건 땀밖에 없더라

글로벌 철강 불황으로 많이 힘들었던 회사가 이제는 회사 사정이 조금 호전되는 느낌이다.

그동안 20여 년을 잘 나가던 회사였기에 미래에 대한 불확실성을 전혀 예견하지 못했고 또한 제아무리 철강업계의 불황이 심하다 해도 가볍게 뚫고 나갈 자신감이 누구보다 컸던 것도 사실이다.

그러나 글로벌 철강업계의 불황은 성난 파도가 아닌 쓰나미와 같은 엄청난 위력이 있다는 것을 배웠다.

전혀 예상 못한 어려움으로, 난생처음 '적자'라는 단어도 배웠고 회사의 경쟁력에도 빨간 불이 들어왔다.

초라했던 8개월, 아무리 힘든 불경기라도 그렇지 '어떻게 힘 한번 못 쓰고 가만히 앉아서 당해야 하나?' 하는 자책감으로 힘든 한 해를 걸어왔다.

CEO로서 새로운 먹을거리를 준비하지 못하고 작은 성취에 도취되어 게으름을 부렸던 자신의 모습이 투명하게 노출되는 값진 경험을 했다

현실 안주가 얼마나 무서운 적(敵)인지를 절감했고 CEO로서 막중한 책임감을 느끼는 한해였다.

'잔잔한 파도에서는 어부의 능력을 알 수 없다.'
'인생은 고통 없이는 배울 수 없다.'
자신의 의지와는 상관없이 맥없이 꺾어지는 불황의 역사를 통해 사업에 대한 절실함을 배웠다.

힘든 한 해가 보약이 됐을까? 한 해를 회고해 보건대 '역시 믿을 건 땀밖에 없더라', '그래도 믿을 건 일밖에 없더라'라는 교훈을 얻은 게 불황 중 건진 수확이라면 수확이다.

어렵다고 포기하지 않고 새로운 거래처를 찾아 열심히 일을 하다 보니 새로운 길이 보이기 시작했다.
올해는 스모그로 인해 앞이 안 보이는 날씨였다면, 지금은 남산까지 훤히 보이는 눈을 얻은 기분이다.

병목으로 인해 꽉 막힌 도로가 뻥 뚫린 것처럼 신나게 달릴 일만 남은 것 같아 기분이 너무 좋다.

지친 뒤 '5분 더!'라고 외치자

지칠 때까지 공부하고
지칠 때까지 일하는 사람은 많이 봤다.
그러나 지친 뒤 5분 공부하고
지친 뒤 5분 더 일하는 사람은 흔치않더라.

'성공의 앞자리에는 지친 뒤 5분 더 일한
사람이 앉더라'는 사실에
우리는 주목해야 한다.

누구나 할 수 있으나
제대로 하는 사람이 드문
지친 뒤 5분 더!

비록 짧고, 작은 시간이지만 그것이 곧
'성공을 예약하는 금쪽같은 시간이다'라는
사실에는 별로 관심을 두지 않는다.

지친 뒤 '5분 더!'는
애프터(After)를 예약하는 힘이다.
애프터에 애프터를 더하는 일.
그것이 성공으로 가는 귀한 시간이라는
사실을 다시 한 번 새겨야 할 것 같다.

구름은 잠시 머물렀다 갈 수 있지만……

구름은 잠시 머물렀다 갈 수 있지만 내 인생은 아직 머물렀다 갈 수 없다.
미안하지만. 단 하루도…….

꿈을 이루려고
기계처럼 일했다

창업 후 이십여 년을
기계처럼 일할 수밖에 없었다.
왜냐고? WHY를 묻는 이들에게
들려줄 답은 딱 하나다.

지지 않으려고 머신처럼 일했다.
꿈을 이루려고 기계처럼 일했다.
그리고 또 하나의 이유는
나보다 더 머리 좋은 사람 많아서
나보다 더 기술 좋은 사람 많아서
나보다 더 자금력 좋은 사람 많아서
나보다 더 좋은 아이템을 가진 사람이 많아서
나보다 더 불을 늦게 끄는 사람 많아서

······

기계가 거짓말을 안 하듯
인생도 거짓말을 안했다.
열심히 흘린 땀은 배신하지 않는다.
생각하면 그 점이 너무도 감사하다.

쉽게 이루려면 꼭 가짜가 나온다

다이아몬드는 하루아침에 만들어지지 않는다.
큐빅에게는 미안한 얘기지만 하루아침에 만들어진다면 그것은 큐빅이다.

작은 일을
소홀히 하지 않는 마음

업무를 보는데 거래처의 전화가 왔다.

발주 수량과 금액이 적어서 그런지 거래처 직원이 먼저 미안해한다.

통화 말미에 "고맙습니다" 하며 전화 응대를 한 것까지는 좋았는데 받은 오더 내용을 무심코 영수증 뒷면에 메모를 하려 든다.

순간, '이건 아니다' 하는 마음에 오더 내용을 다시 포스트잇에 정성껏 적었다.

배부를 때 겸손을 배워야 한다. 적은 오더라도 성의를 다해야 한다. 평소 일을 대할 때 예의를 다하는 모습과는 차이가 있었다.

100 − 1 = '0'
(100번 잘했더라도 1번 잘못하면 고객만족은 '0'이 된다.)

장사꾼처럼 행동해서는 안 된다. 내 안의 장인정신이 나를 꾸짖는다.

오늘 또 한 번 '일에 대한 예의와 적은 일이라도 오더를 주는 고객에게 감사함을 가져라' 하는 '쟁이 정신'을 마음속에 새겨본다.

열정은 쇠도 녹인다

인생이라는 가마솥에
불안, 슬픔, 두려움을 몽땅 처넣고
열정이라는 군불을 피우는 게 인생이다.

아무리 훌륭한 약재라도
독소가 빠져야 사람이 먹을 수 있듯
우리 마음의 독소도 없애야 한다.

'내 꿈과 열정은 쇠도 녹일 수 있다'라는
신념(信念)을 가지고 노력할 때
무언가 하나 결과를 주더라.

인생! 쉽게 끓이려 하지 마라.
센 불과 연한 불로 장시간 다릴 때
인생의 독소는 빠지고 인생의 약효는 더해진다는 사실을
우리는 알아야 할 것이다.

내 인생에 가장 소중한 단어

가만히 눈을 감는다.
내가 지금까지 살아오는 동안
'내 생에 가장 소중했던 단어는 무엇일까?' 하고 묻는다.
떨리는 가슴은 말한다. '기본'이라고…….

기본을 무시한 행복은 없다.
기본을 무시한 성공은 없다.
인생이란 여행은 기본을 바로 세우고
즐거움을 찾아 떠나는 여행이다.
이 생각 하나가 힘들 때 나를 지켜주었다.

아직도 그 생각은 유효하다.
내 생에 '재기의 원천이 무엇이냐?'라고 물으면
주저 없이 기본과 원칙에 충실했던 삶이라 말한다.

'우리가 사용하는 단어 중 가장 앞쪽에 놓아야 할

단어가 무엇인가?'라고 물으면
나는 서슴없이 '기본'이라 말한다.

지금껏 그랬고, 앞으로도 그럴 것이다.
기본에 충실한 삶이 '내 인생의 모토'라는 걸
나는 한시도 잊은 적 없기 때문이다.

아스팔트 패이도록 걷는다

세상 공짜는 없다. 아스팔트가 패이도록 뛰어야 이 세상 그나마 무엇 하나를 얻을 수 있다.
나는 늘 그런 생각으로 인생을 살아가는 아름다운 청년(?)입니다.

CEO의 입장에서 세상을 보라

내 인생 주인 된 입장에서 세상을 보라.
직장생활 더럽고 치사하다고 불평만 하지 말고
한 번쯤 CEO의 관점에서 생각해 보자.
역지사지(易地思之) 입장 바꿔놓고 생각하면
보는 관점이 달라지는 게 인생이다.

요즘에는 생각보다 약삭빠른 사람이 많은 듯하다.
약삭빨라 이룰 거라곤 새치기밖에 없다.
새치기하면 밥은 빨리 먹고
영화는 빨리 볼 수 있을지 몰라도
이제껏 성공 새치기하는 놈 보지 못했다.
지금껏 행복 새치기하는 놈 보지 못했다.

때로는 미련하고 바보 같지만
입장 바꿔 생각하고, 무던하게 일을 하다 보면
내가 일한 모든 게 내 백(권력-Power)이 된다.

그 많던 꿈 어디로 갔을까?

약삭빠른 놈보다 나만의 백(권력–Power)을
무던히 쌓아가는 사람이 성공하는 세상이다.

알량한 자존심

차라리 내가 지고 말자. 속이 터져도 꾹 참고 품어주자. 그 사람은 가진 게 그게
다인 걸. 그마저 까뭉개면 그 사람 무슨 낙(樂)으로 사냐.

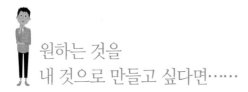

원하는 것을
내 것으로 만들고 싶다면……

"좋은 것을 첨가하기 전에 몸에 나쁜 것을 넣지 않아야 합니다."
어느 광고 카피에 적힌 글이다.

요즘 젊은이도 이랬으면 좋겠다.
'좋은 직장을 구하기 전에 나의 나쁜 습관을 먼저 버려야 한다.'
'성공을 원하기 전에 성공을 방해하는 요인을 먼저 제거하라.'
'돈을 벌기 전에 돈에 대한 확실한 철학부터 몸에 읽혀야 한다.'

원하는 것에 눈부터 가는 것이 아니라 몸이 먼저 따라가야 한다.
자신의 꿈과 이상을 실현하기 전에 선후본말(先後本末)의 기본자
세부터 바로 점검하는 일. 그 일이 내가 원하는 목표보다 늘 앞서
있어야 한다.

'자고로 세상은 백 마디 말보다 한 번의 실행을 즐겨한 사람이 언
제나 성공의 앞자리에 앉았다'는 사실을 잊어선 안 되겠다.

미리 우산을 준비하는 마음

누구에게나 흐린 날은 온다.

게으른 사람은 앉아서 날씨 탓만 하며 초조하게 맑은 날이 오기만 기다리지만, 부지런한 사람은 흐린 날씨에도 옷가지를 빨고 헤어진 부분을 찾아 꿰매기에 힘쓴다.

누구에게나 맑은 날은 온다.

게으른 사람은 그제야 부지런을 떨며 호들갑을 떨지만, 부지런한 사람은 미리 준비한 깨끗한 옷을 입고 행복한 여행을 떠난다.

지금의 체감경기는 차갑다.

아니 내년은 더 차가울 것 같다.

'불황, 불황 투정만 대고 게으름을 부리다가는 나도 오는 독감 피해 갈 수 없겠구나!' 하는 마음으로 열심히 사는 사람들이 많았으면 좋겠다.

바닥일 때 겁나는 게 없더라

세상이 아무리 어렵고 힘들어도
기죽지 말고 힘을 내야 한다.

바닥이라고 생각하니 겁나는 게 없더라.
더 이상 잃을 게 없다고 생각하니
마음이 편해지더라.

바닥의 고통은 예상보다 크지만
두 눈 꼭 감고
이제는 튀어오를 일만 남았다 생각하니
오히려 마음이 편해지더라.

그때 열심히 일만 했던 기억들…….
이제 생각해보면
그때가 내 인생의 행복한 봄날이었다.

글러브를 열어야
공을 잡는다

백날 글러브 가지고 있으면 뭐하냐.
글러브 열어야 공을 잡지.

애써 글러브를 가지려 하지도 않고
설사 글러브가 있어도
열려고 하지 않는 우매한 사람들이 많다.
아니 될 일이다.

성공 글러브
행복 글러브
옆에 두고
기회가 올 때마다
잽싸게 글러브를 여는
깨어있는 사람에게
'기회'라는 공도 날아오는 법이니……

노력 없이 이룬 사람
단 한 명도 없다

앞서 발자국을 내자.
남보다 준비도 빨리하고
남보다 실패도 빨리하는 게 좋다.
세상은 빨리 달려간 놈이
성공하는 세상이니…….

많은 발자국을 내자.
노력의 땀방울을
많이 흘린 사람이
결국엔 앞서가더라.

이 땅에 성공을 이룬 자
누구보다 빨리 뛰쳐나간 사람들이다.
이 땅에 성공을 이룬 자
눈물을 많이 쏟아 부은 사람들이다.

지구상 성공한 사람들 중에
노력 없이 이룬 사람 단 한 명도 없다.
이 하나의 신념이
나를 부지런하게 했다.

두려움이라는 병

세상에 걸리지 말아야 할 병은 두려움(Fear)이라는 병(病)이다. 두려움을 걷어
내야 인생의 꽃이 핀다.

시련은 훌륭한 스승이다

시련은 스쳐가는 구름이다.
아파도 참아야 한다. 꾹 참고 견뎌내야 한다.

시련이 내게 노크를 했을 때
내 행복이 깨질까 두려워 문을 열어주기 싫었다.
남의 일인지만 알고 지내왔던 시련이
내게 왔을 때 정말이지 야속했다.
울면서 원망을 해보고 싶었지만 꾹 참았다.

인고(忍苦)의 세월 10년, 그 세월 지난 후
시련이 곧 나의 훌륭한 스승이었음을 깨달았다.
깨달음 뒤에는 오히려 포용력까지 생겼다.
'내게 찾아온 시련에게 감사한 생각을
너무 늦게 해서 미안하다'는 생각까지 들었다.

너무 뒤늦은 깨달음 탓일까.

이제는 삶에 어떠한 시련이 닥치더라도
마음 편히 맞을 준비가 된 것 같아
또 한 번 고마운 생각이 든다.
'이제부터는 시련을 미워했던 옹색한 마음을 접자'라는
마음의 여유가 생긴 것 같아 기분이 좋다.

시련은 복이다

어떤 사람은 시련에 울고, 어떤 사람은 시련을 통해 더욱 강해진다.
세상아! 너 아무리 어려워봐라. 내가 너한테 지나.
세상과 겨루기 한판. 당당하게 맞서야 한다. 그것이 인생이다. 그것이 배짱이다.

믿음은 항아리와 같다

신뢰란? [100 − 1 = 0]이다.
신뢰는 쌓기도 어렵지만
깨지기는 한순간이다.

제아무리 유명한 맛 집이라도
음심 맛이 변하면
늦가을 홍시 떨어지듯
손님이 뚝 떨어진다.

떨어진 홍시 다시 주워
감나무에 붙일 수 없듯
떨어진 손님
다시 끌어오기란 쉽지 않다.

힘든 경제 상황일수록
신뢰가 변하지 않아야 한다.

그래서 오늘도
안전화 끈 질근 동여맨다.

고객이 발길 돌리기 전
내가 먼저 한 발짝
고객 곁으로 다가가는 것이
예의일 것 같아서…….

나는 고객에게
작은 서비스를 베풀었는데
고객은 나에게 $T = R + D$
기쁨과 행복을 주더라.

힘들어도 힘들다 투정 마라.
아무리 힘들어도
인생은 수지맞는 장사다.

널 위해 엄지 한 번
치켜세워주렴

자기 자신을 초라하게 보지 마라.
남들은 다 잘하는데
자기 혼자만 못하는 것처럼
열등감에 사로잡혀 기죽을 필요 없다.

살다 보면 누구나 기분이 좀 쳐질 때가 있다.
그럴 때일수록 자기 자신과 편하게 대화하고
위로하는 시간을 가졌는지
한 번쯤 스스로를 반성해야 한다.

내 인생을 남과 비교하다 보면
평생을 가도 웃기 힘들다.
가도 가도 끝없이
내 곁에는 나보다 훌륭한 사람들이 많을 테니까.

소위 내 곁에서 잘 나가는 사람들

하는 일마다 잘 돼서 세상 부러움을
한 몸에 받는 사람들,
그 사람들을 나의 롤모델로 삼는 것까지는 좋다.
그러나 부러워하거나 동경하지는 말자.

나 비록 지금의 이룸은 약하다지만
내 이름 석 자를 걸고
애써 달려온 나의 노력들이 슬퍼할지 모르니…….

사람이니까 지치고 힘들 때가 있겠지.
그럴 땐 자신이 작고 초라하게 보일 테지만
그럴 때일수록 '당신 멋져!' 하고
엄지를 치켜세워주는 용기가 필요하다.

당신 역시 세상 누군가에게는
부러움의 대상이 될 수 있는 법이고
'당신 멋져!' 하는 손끝에
더 열심히 살고자 하는 열정이 피어날 테니까.

왜 남에게는 자상한 호인이면서
자신에게는 칭찬 한마디 없는 인색한
수전노 인생(守錢奴 人生)을 사는지…….

유니크 타임(Unique Time)을 갖는
멋쟁이가 되자

성공의 양은 저울로 계량할 수 없지만 딱 한 가지 알 수 있는 방법이 있다. 그것은 바로 하루 24시간 중 누가 더 유니크 타임(Unique Time), 즉 나만의 고유한 시간, 나만의 특별한 시간, 나만의 독특한 시간, 나만의 유일무이한 시간을 누가 더 많이 가졌느냐다.

예컨대 성공한 사람과 성공하지 못한 사람의 하루 일상을 보면 두 사람이 보낸 하루 일과 중 23시간은 별 차이가 없다. 그러나 어떤 사람은 자신의 미래를 위해 기쁜 마음으로 하루 1시간을 유니크하게 투자를 했고, 어떤 사람은 그저 아무 생각 없이 1시간을 흘려보냈을 뿐이다.

결국, 하루 1시간의 유니크 타임이 매직과 같이 한 사람에게는 성공이라는 아름다운 모습으로 다가섰고, 다른 한 사람에게는 실패와 후회라는 모습으로 다가선 것이다.

이처럼 성공이란 하루 24시간 노력의 양이 아닌 일일 1시간의 고유한 시간을 내가 간절히 원하는 곳에 투자를 했고, 거기에 누가 더 예쁜 세월의 옷을 입혔느냐의 싸움인 것 같다.

하루 1시간의 유니크 타임을 가벼이 넘기지 마라. 하루 1시간, 1년이면 365시간, 10년이면 3,650시간이다. 내 꿈을 펼치기에 충분한 시간이다.

뉘엿뉘엿 해가 지자 밖의 공기가 더욱 차갑다. 소중한 내 인생!
내 인생 더 차가워지기 전에 오늘도 적금 붓듯 나만의 고유한 시간을 가져야지. 유니크 타임을 위해 이제 슬슬 일어나야지……

젊을 때 배부르면 안 된다

젊음은 배부르면 안 된다. 젊음은 배고프고 고달파야 한다. 젊은이가 배가 불러 누우면 꿈도 따라 눕는다.

성공에도 날개가 있다

성공은 열정이란 밥을 먹고산다.
마냥 성공이 내 인생 곁에 머물러 있을 줄 알지만
성공한 사람의 열정이 식으면
성공은 언제 그랬냐는 듯 휑하니 날아가 버린다.

실패는 원망이란 밥을 먹고산다.
원망의 다이어트를 독하게 하지 않으면
원망으로 인한 합병증은 사람을 비참하게 만든다.

비만과 싸우는 사람이
식단을 바꾸고 독하게 운동을 하듯
독한 마음으로 원망을 떼어내지 않는 한
실패는 내 곁에서 날아가지 않는다.

나와 평생을 함께 할 사람

나와 평생 함께 할 사람은
나 자신뿐이다.
그런 나에게 잘해줘라.

엉뚱한데 공력들이지 말고
나와 함께 평생을 함께 할
나를 사랑하라.

나 자신에게 잘하고
나를 사랑하는 사람이
남도 사랑할 자격이 있는 사람이다.

우물을 뛰쳐나온 개구리처럼 현실 안주에서 벗어나 더 큰 세상을 보자 .

손님 대접 똑바로 하자

시련, 역경은
내 집에 찾아온 손님이다.

시련, 역경은
성공 전 사전답사차 찾아오는 손님이다.

시련, 역경이
내 앞에 놓였다고 아파할 게 아니라
알고 보면 참 귀한 손님이니
극진히 대접해서 보내야 한다.

다시는
미안해서 못 찾아오게…….

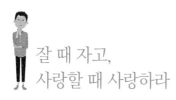

잘 때 자고,
사랑할 때 사랑하라

가장 오래된 중국의 의학서《황제내경》에는 이런 글이 있다.

"밤에는 사람의 기운이 오장(五臟)으로 들어가 장기(臟器)를 튼튼하게 만든다."

우리의 짧은 인생은 잠으로 둘러싸여 있다.

건강하려면 잠을 사랑해야 한다.

"사랑을 치유하는 유일한 방법은 더 많이 사랑하는 것이다"라고 헨리 데이비드 소로(Henry David Thoreau)는 말했다.

24시간 성공을 위해 일과 싸울 수 없다.

잘 때는 만사 잊고 자고, 사랑할 때 역시 만사 잊고 사랑했으면 좋겠다.

잠과 사랑은 신이 내린 인생의 보약이기에 말이다.

광야(廣野)로 나아가라

객기나 영웅주의로는 나가지 마라.
그러나 대의를 위해 내가 희생해야 한다면
뒤도 돌아보지 말고
내가 먼저 거친 광야(廣野)로 나가라.

찬바람을 먼저 맞아 본 사람이
면역력도 커지고 성공하게 되어 있다.

편안한 침대를 걷어차고
야영을 선택하는 용기가 있어야 한다.

이름 없는 풀벌레에 온몸을 물리고
나무뿌리에 등이 찍힐지라도
언젠가 인생의 큰 시련이 왔을 때에는
그 고통이 빛을 발하게 된다.

광야로 나가는 것이 꼭 나쁜 것은 아니다.

하루라도 젊을 때 광야로 나가

매서운 폭풍우를 먼저 경험하는 것은

내 인생의 커다란 자산이 된다.

성공은 바느질이다

성공은 기성복 만들 듯 드르륵드르륵 박는 것이 아니라 고급 예복을 만들 듯 한 땀 한 땀 꿰매가는 것이다. 아무리 급해도 한 땀을 건너뛸 수 없다. 급히 가려다 바늘 코 빠지고 실이 엉켜 우는 사람 많이 보았으니……

가슴 뛰는 일을 하라

가슴 뛰는 일을 찾아라.
가슴 뛰는 공부를 하라.
가슴 뛰는 일을 하라.
가슴 뛰는 행동을 반복하고
사람을 만나도 가슴 뛰는 사람을 만나라.

가슴은 뛰어야 한다.
심장이 멈추면 인생이 끝나듯
가슴 뛰는 일이 멈추면
내 인생은 노인과 다름없으니…….

성공의 마음

모든 것이 부지런해야 그나마 한 계단 오를 수 있다. 이 마음이 '성공의 마음 아닐
까!' 하고 착한 생각을 갖는다.

뿌리 깊은 나무는
바람에 흔들리지 않는다

언 땅에서도 뿌리내리기를 게을리 하지 않았다.
'이쯤이면 되겠지?' 하는 안일한 마음도 버렸다.
이것만이 힘든 세상을 견디고 버틸 수 있는
유일한 생존 방법이라 생각했다.

위만 바라보던 나무들은 땔감으로 사라졌지만
나는 산소를 배출하며 묵묵히 산을 지키고 있다.
젊었을 때 고생을 밑바닥에 잔뜩 깔아야
나이 들어 행복을 내뿜는다는 사실을 배웠다.

Back to the Basic. 기본을 충실히 하려는 삶,
파운데이션(Foundation, 基礎)을 더 단단히 하려는 마음.
이 두 가지의 마음이 있는 한 내 인생은 언제나
달콤하리라는 믿음을 단 한 번도 버린 적 없다.

멀리 미래를 보고
투자하는 사람

인생은 멀리 보고
미래를 위해 투자하는 게임이다.
당장 결과를 보고 싶은 조급한 마음보다는
오늘 사과나무를 심어 몇 년 후
사과를 먹겠다는 넉넉한 마음이 좋다.

미래 경쟁력이나 미래 가치라는 나무는
하루아침에 자라는 나무가 아니라
생각보다 더디게 자라는 나무다.
이유는 간단하다.
더딘 만큼 단맛이 더 배기 때문이다.

건성으로 악수하지 마라

악수(握手)하려면 똑바로 하라.
악수는 손으로 마음을 잡는 것이다.
상대의 체온을 느끼면서
정중하게 예를 갖추는 것이 기본이다.

건성으로 악수(握手)하는 것은
인생의 악수(惡手)를 두는 것과 같다.

자신이 필요하면 굳게 잡고
그저 완장이라도 차면 시건방을 떨며
건성으로 하는 건 악수가 아니다.

무릇 인생은 길게 봐야 한다.
사람 팔자 어떻게 될지 아무도 모른다.
악수 하나에도 정성을 쏟는 마음,
그 마음이 성공의 마음이다.

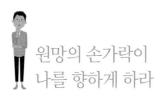

원망의 손가락이
나를 향하게 하라

자아(自我)가 나를 향하게 하라.
원망의 손가락이 나를 향하게 하라.

원망의 손가락이 어디를 향하느냐에 따라
자신의 인생이 결정된다.
하찮은 것 같지만 곱씹어 볼 일이다.

많은 사람들이 원망의 손가락을
남을 향해 내밀지만,
성공하는 사람들은 어김없이
원망의 책임을 자신에게 돌린다.

자아라고 하는 것은
남과 다른 자기만의 것으로
어느 누구도 대신 찾아줄 수 없고,
살 수도 없는 것이고,

원망이라는 것 또한 자신의 것으로

스스로 풀지 않으면

오히려 화(禍)가 된다는 사실을 알아야 하겠다.

세상에서 제일 치사한 놈

성적 안 좋으면 변명부터 찾는 놈, 일 안 되면 남 탓부터 하는 놈, 골프 안 되면 핑
계부터 찾는 놈, 그런 분들에게 꼭 한마디 주고 싶은 말.
"바보야! 문제는 너야~~~."

시간은 빈 지갑과 같다

젊다고
희희낙락거리지 마라.
시간이 많다고
뻐기지 마라.

시간이란 놈
겉으로 보면
여유 있고 넉넉한 것 같아도
정작 쓰려고 하면
빈 지갑과 같다.

시간은
꼭 쓸데 되면 없다.
시간은
꼭 쓸데 되면 없다.

어른들은 왜 젊을 때
열심히 하라고 할까?

젊었을 때 하품 한 번은
늙어서 한숨 백 번이 되어 돌아오고,
젊었을 때 한 번 게으름은
늙어서 후회 천 번이 되어 돌아온다.

어른들은 왜 젊을 때 열심히 하라고 할까?
그때는 몰랐는데 지금 와서 생각해보니
지금은 이해가 된다.

젊어서 공부 열심히 해라.
젊어서 일 열심히 해라.
나이 들면 사람대우 못 받는다.

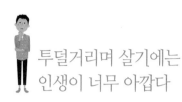

투덜거리며 살기에는
인생이 너무 아깝다

요즘 의외로 세상에 불만을 가진 사람들이 많은 것 같다.

아무리 불황이다, 먹기 살기 힘든 세상이다 해도 이래 투덜, 저래 투덜. 그저 세상 일 투덜대다 꽃놀이패! 좋은 세상! 아깝게 흘려버리면 안 되는데……

투덜거리며 살기에는 인생이 너무 아깝다.

녹음테이프처럼 불평불만과 온통 욕설만을 늘어놓으며 혼자 똑똑한 채 살아가지만 뒤를 돌아보면 허전하다. 그렇게 좋은 인생, 그렇게 흘려버리는 게 참 아쉽다.

세상에 대한 불평보다는 세상에 대한 감사할 일을 찾고, 세상에 대한 욕설보다는 내 할 도리를 찾아 묵묵히 실행하는 사람들이 많았으면 좋겠다.

멋진 내 인생, 불평불만과 비빔밥 만들지 마라.

욕설로 버무려진 비빔밥은 아무도 먹을 사람 없으니까.

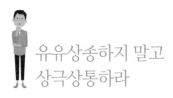

유유상송하지 말고
상극상통하라

없는 애가 없는 애 힘들게 한다.

공부 못하는 애가 공부 못하는 애 잡는다.

게으른 놈이 게으른 놈과 친하고, 꿈이 없는 애가 꿈이 없는 애를 좋아한다.

유유상종(類類相從), 끼리끼리 놀지 말고, 상극상통(相剋相通)하기를 힘써야 한다.

끼리끼리 놀면 우선은 편하지만 나중은 서로 발전이 없다.

극과 극은 서로 안 맞는 것 같으나, 결국은 서로 통하게 되어 있다.

우선은 쉽고 편한 친구보다 힘들어도 천천히 닮아 갈 수 있는 친구를 곁에 놓아야 서로 윈-윈(Win-Win)할 수 있는 세상이다.

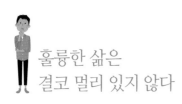

훌륭한 삶은
결코 멀리 있지 않다

1950년 노벨 문학상을 받은 철학자 버트런드 러셀은 자신의 저서 《나는 무엇을 위해 살아왔는가》에서 "훌륭한 삶이란 사랑으로 힘을 얻고 지식으로 길잡이를 삼는 삶이다"라는 말을 남겼다.

살며, 사랑하며, 배우며……
당신은 과연 어떻게 살아야 훌륭한 삶이라고 생각하는가?
내 인생의 훌륭한 삶은,
기(起) : 꿈과 열정으로 내 삶의 텃밭을 가꾸고
승(承) : 그곳에 배움이라는 화초를 심고
승(承) : 일이라는 거름을 뿌리고
전(轉) : 성공이라는 열매를 거두어
결(結) : 나와 함께 하는 사람들과 나누어 먹는 것이라
생각한다.

사회에 나와서 피얼러스(Fearless), 즉 지금껏 단 한 번도 사회에 대한 두려움이나 미래에 대한 두려움을 갖지 않았다. 다만 내 머릿

속에 꿈과 열정, 배움, 일, 배려라는 단어는 한시도 잊지 않으려고 노력을 했다. 그것이 내 인생의 성공이지, 내 인생의 기승전결(起承轉結)이다.

까짓것 인생!

'이왕지사 내가 세상에 왔으니 세상을 향해 훌륭한 서비스(Excellence Service) 한 번 하고 가'라는 통 큰 배짱 한 번 부려보는 것도 좋지 않겠는가!

"사람은 실패가 아니라 성공하기 위해 태어난다."
헨리 데이비드 소로(Henry David Thoreau)가 남긴 이 말이 현실의 삶에 고뇌하는 많은 분들께 희망의 단비가 되었으면 좋겠다.

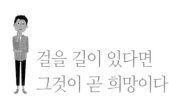

걸을 길이 있다면
그것이 곧 희망이다

천둥 번개가 쳐도 내가 걸어갈 길은 반드시 있다.
걸어갈 길이 존재한다면 그것이 곧 희망이다.

인생의 모든 길이 막힌다면 그것은 슬픈 일이다.
그러나 인생의 모든 길이 막히기란 그리 쉽지 않다.

인생은 먼 길, 험한 길, 보이지 않는 길이 있을지언정 모든 길이
막히는 절망의 상태는 없다. 당장 힘들다고, 지금은 컴컴하다고 울
지 말고 잃어버린 길을 찾겠다는 강한 의지와 기필코 내가 가야 할
길을 찾고 말겠다는 의지를 갖는다면 인생은 희망이 있다.

'조바심 내지 말고 차분하게 갈 길을 찾다 보면 세상은 내게 반드
시 땀 흘릴 기회를 준다.'
'절망에도 반드시 길이 있다'라는 확실한 믿음, 그 믿음을 갖는 것
이 무엇보다 중요할 듯하다.

비바람을 원망하지 마라

비바람을 원망하지 마라.
비바람을 원망하는 자
햇빛 볼 자격 없다.

세찬 비바람이 불수록
뿌리를 깊이 박아야 한다.
비바람이 분다는 원망보다
뿌리를 깊게 박는 훈련에 익숙한 자가
유능한 리더가 되었다.

분명 오늘보다 내일이
더 강한 비바람이 불거라는 생각
오늘 뿌리를 박지 않으면
내일은 떨어야 한다는 생각
우리는 그 철든 생각을
한시도 잊지 말아야 한다.

모두가 'NO'라고 말할 때
시작하라

인생 뭐 있어?
어차피 내가 책임질 건데.

모두가 'NO'라고
말할 때 시작하라

모두가 'NO'라고 말할 때
그때가 시작할 시점이다.

모두가 'NO'라고 말하는 길이
당신이 가야 할 길이다.

모두가 'YES'라고 말할 때
그때는 접어야 할 시점이다.

모두가 'YES'라고 말하는 길은
이미 누군가 가고 있는 길이다.

인생은 깔때기

인생은 깔때기.
바로 보면
세상이 크게 보이는데
거꾸로 보면
세상이 작게 보인다.

인생은 깔때기.
바로 보면
두려움 따위 없지만
거꾸로 보면
모든 것이 두려워진다.

행동하지 않은 젊음에게……

지금 할 일을 안 한다고
지금 껍질을 깨지 않는다고
걱정할 필요 없어.

그러나
지금 하지 않으면
지금 깨지 않으면
껍질이 더 단단해진다는 것을
알아야 한다.

내 인생의 주인은 나다

누가 뭐래도 내 인생의 주인은 나다. 남에게 채점당하지 말고 스스로 채점하라. 나
스스로를 채점하여 부족하거나 낙제점이다 생각되면 알아서 독하게 뛰어야지 내
가 알아서 뛰지 않고 앉아서 남에게 채점당하면 그때는 서글픈 인생이 되고 만다.

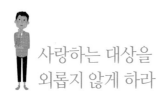

사랑하는 대상을
외롭지 않게 하라

  주말을 이용하여 1박 2일 강원도 골프 다녀오는 날. 몸도 힘들었지만 피곤한 몸 아랑곳하지 않고 핸들이 회사로 향한다. 토요일에 출근을 안 했기에 오늘까지 안 하면 이틀간이나 일터가 외로울까 봐 잠시 회사에 들렀다.

  화초에 인사하고, 화이트보드 날짜를 수정하고, 내일 일할 거 잠깐 업무 정리를 하고 나오니 20여 분 정도가 흘렀다. 나만의 고유 시간 20분, 내 인생의 정성 탑을 20분간 또 쌓았다 생각하니 기분이 좋다.

  이처럼 사랑하는 대상에 대해서 외롭지 않게 하는 습관을 오래전부터 실천해왔다. '가진 게 없고 힘없는 자의 유일한 무기는 정성이다'라는 생각으로 인생을 살아왔다.

  누가 뭐래도 내가 남보다 잘할 수 있는 것은 정성밖에 없었고, 사랑하는 대상에 대한 정성만큼은 예나 지금이나 변함이 없다.

  사랑하는 가족이 외롭지 않게 하려고 애를 썼고, 내가 아는 사람들이 외롭지 않게 하려고 노력했다. 배움의 책가방이 외롭지 않게 했으며, 내가 먹고사는 일터가 외롭지 않도록 정성에 정성을 다했다.

정성은 내가 믿는 유일한 신앙과도 같은 존재다. 그 애틋한 마음 때문일까? 힘들고 어려울 때 정성은 나에게 성큼성큼 다가와 큰 힘과 용기와 희망을 한꺼번에 주더라.

잘못된 인생은 반품도 안 된다

제품에 하자가 있을 땐 반품이라도 되지만 잘못된 인생은 반품도 안 된다. 결국 자신이 바로잡는 방법밖에 도리가 없다는 게 슬픈 현실이다.

핸들 똑바로 잡아라

신나게 달리려면
핸들 똑바로 잡고 액셀러레이터를 밟아야 한다.

꿈을 향해 달리는 것도 좋지만
운전대를 바로 잡았는지
한번쯤 점검하고 달려야지
무작정 달리다 삼천포로 빠지는 사람
보기보다 참 많더라.

인생 뭐든지 척척 다 알고 가기에는
너무나 어려운 세상이다.
'인생은 속도가 아니고 방향이다.'
인생 길 내가 걷는 방향을 봐줄 멘토 한 분
곁에 두는 지혜가 있어야 하겠다.

그렇다면 꿈 어디로 갔을까?

기적의 5분

인생의 승부는 잠자리에서 결정 난다.
누구에게나 주어지는 하루 24시간,
그중 나만의 고유한 시간으로
엮어갔느냐, 못 엮었느냐의 싸움이다.

나를 변화시키는 5분,
나는 그 시간을 기적의 5분이라 부른다.

★ 아침에 툭 털고 일어나는 5분
★ 눈을 뜨면 꿈을 어루만지는 5분
★ 힘들 때 일에 몰입하는 5분
★ 하루 일과 후 자신을 반성하는 5분
★ 오늘을 즐겼는지 체크하는 5분
★ 더 나은 내일을 계획하는 5분
★ 행복을 씹으며 잠자리에 드는 5분

실력과 처세

바야흐로 융합시대가 도래되었다. 한 가지를 잘 해내기도 벅찬 세상인데 이것저것 잘해야 되니 실로 머리가 아프다. 그렇다고 한 가지 성공으로 반쪽짜리 빵을 먹으며 살 수는 없다.

예전 같으면 한 가지 1등이 되어도 충분히 밥은 먹을 수 있었지만, 지금은 한 가지만 잘해 가지고는 성공을 어프로치하기가 굉장히 어렵다(성공도 주변에서 적극적으로 도와주어야 된다).

온전한 성공을 거두기 위해서는 기술점수(실력) 못지않게 훌륭한 예술점수(처세)를 요구한다. 직장인들을 평가할 때 '그 친구 실력은 참 좋은데……'라고 말꼬리를 흐리는 경우를 종종 본다. 이는 실력에 비해 처세가 부족하다는 이야기다.

온전한 리더가 되려면 실력과 처세는 기본이다. 아첨과 아부가 아닌 상사를 기분 좋게 하는 일도 팀워크를 위해서는 반드시 필요한 일이다(전문가 못지않게 분위기 메이커도 중요).

직장인으로서 실력과 처세, 리더로서 실력과 처세, 가장으로서 실력과 처세. 두루두루 부족한 면을 찾아 이를 적극적으로 보완하는 멋쟁이가 많았으면 좋겠다. 젊은 날 윗분들에게 선물 하나 하는 것을 왜 그리 남세스럽게 생각했는지 사업을 시작하고 나서야 뒤늦게 후회했다.

정상(頂上)의 냉혹한 두 마음

오르려 하는 이에게 정상을 허락하지 않은 일이 없다. 그러나 오르지 않은 이들에게 정상(頂上)은 단 한번도 자신을 허락하지 않았다.

아픈 청춘에게 드리는 글

항상 달려라.
조금이라도 졸면 죽는 세상이다.

항상 살아있으라.
방심하면 한순간에 공든 탑 무너진다.

항상 깨어있어라.
변화가 없으면 미래도 없다.

자면서도 달려야 한다.
이 말 한마디는
꼭 너에게 주고 싶구나.

성취 뒤에 잊지 말아야 할
7가지 수칙

1. 자기 자신을 위로하는 시간을 가져라.
2. 지금의 행복을 마음껏 누려라.
3. 기쁜 마음으로 성취의 과정을 복기(復碁)하라.
4. 성취 후 사회에 기여할 부분이 무엇인지 생각하라.
5. 성취에 도취 말고 자신의 부족한 점을 찾아보라.
6. 여유를 가지고 자신을 사랑하는 시간을 가져라.
7. 오늘의 성공이 있기까지 도움을 주신 분들에게 잊지 말고 감사한 마음을 전하라.

성취도 어렵지만 성취 뒤에 오는 시간이 중요하다. 오늘의 성취로 끝나는 게 아니라, 오늘부터 새롭게 또 다른 꿈을 향해 도전해야 할 운명이기 때문이다.

1그램의 땀

청춘아, 걱정 마.
네가 흘린 1그램의 땀과
앞으로 흘릴
1그램의 땀만 있다면
우리의 미래는 축복이 될 것이다.

세상이 아무리 각박하다 해도
세상이 제아무리 절망의 구름으로 깔렸다 해도
네가 흘린 땀은
결코 헛되지 않을 테니…….

땀은 돈으로 살 수 없다.
힘내자 청춘아!
기죽지 말자 청춘아!
우리에게 1그램의 땀이 있는 한
우리는 이미 부자니까.

인생 외롭지 않으려면······

부모한테 의지할 생각을 말고,
작은 것 하나라도 효도할 생각부터 하자.
학교에 도움받을 생각보다,
나로 하여금 뭔가 기여할 부분을 찾도록 하자.
회사에 많은 것 받을 생각보다,
혁신을 통해 회사 발전을 이룰 생각부터 하자.
국가에 받을 생각만 하지 말고,
사회를 위해 아름다움을 그려나가는 멋쟁이가 되자.

'받을 생각하지 말고 줄 것을 생각하라.'
옹졸한 마음보다는 큰 생각을 갖는 것,
그것이 이 시대의 리더가 해야 할 일이라 생각한다.

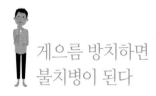

게으름 방치하면
불치병이 된다

게으름은 평계만을 만들게 하는 못된 습성이 있다. 게으름은 내 탓보다는 남 탓을 즐기는 못된 습성이 있다.

'게으름은 정신을 오염시키는 주범이다.'

정신의 오염원을 근본적으로 해결하지 않고 방치해두면 썩은 냄새가 진동하듯이 인생도 게으름과 이별을 빨리하지 않으면, 평생 남 탓과 평계만 늘어갈 뿐이다.

그동안 1년 넘게 드라이버 입스에 시달리며 쩔쩔 맸다. 골프가 안 된다고 몸 탓, 채 탓만 했다. 뻑 하면 '옛날에는 잘했는데'라며 변병하기에만 급급했다. 왜 골프가 안 되는지 자신을 냉철하게 돌아보고 연습장에 달려가기보다는 몸 아픈 구실만을 찾고, 남의 방해 요소만을 찾기에 바빴다. 1년 동안을 한심한 골퍼로 지냈다.

엊그제 자신을 향해 '너 운동한 사람 맞아?'라며 호되게 꾸짖는 시간을 가졌다. 그리고 곧바로 초보 때 쓰던 연습용 철 방망이를 찾아 힘차게 휘둘렀다. 이틀 연습했더니 아팠던 몸도 언제 아팠냐는 듯 낫는다. 꾀병이었나? 아~!! 이거다 싶었다. 이틀 만에 그동안 백약이 무효였던 스윙 리듬과 파워도 되살아났다. 진즉 지금처럼 먹을 걸…….

'자신을 향한 호된 꾸짖음은 나를 거듭나게 한다.'

골프가 사랑스러워진다. 이번 주말에도 필드에 나간다. 2015년 프레지던츠컵에서 멋진 샷을 뽑내던 선수들이 그동안 얼마나 많은 자신의 꾸짖음이 있었나를 깨닫는 중요한 계기가 된 것 같다.

'일체유심조(一切唯心造)'라는 말이 가을바람을 타고 내 마음에 살포시 앉는다.

불경기(不景氣)는 중앙선이다

호황 때는 누구나 살아남는다. 그러나 불황일 때는 강한 자만 살아남는다.
불경기(不景氣)란? 약한 자와 강한 자를 구분해주는 신(神)이 준 야속한 중앙선이다.

나 자신을 향한 옐로카드
– 지금 가지고는 안 된다

지금은 용기가 필요한 때다.
무언가 지금 작심하지 않으면 내일은 이미 늦다.
지금 가지고는 안 된다.
현재 자신의 노력에 만족하지 말고,
자신을 향해
과감히 옐로카드를 던질 수 있는 사람이 되어야 한다.

세상에 앞서가는 리더가 되려면
지금의 모습으로는 약하다.
세상을 당당하고 폼 나게 살아가려면
지금의 노력으로는 한참 약하다.

지금 힘들다고 하는 너의 노력은
세상을 적당히 살고자 하는 사람의 수준이다.
지금의 노력은 누구나 할 수 있는 노력이란 것이다.
적당히 살려거든 지금의 노력에 만족하라.

그렇지만 더 큰 꿈을 가진 사람이라면
지금의 노력으로는 안 된다.
'지금 내가 흘리는 땀방울로는 턱도 없다',
'이 노력 가지고는 어림없다'라는 생각을 가질 때
비로소 내가 원하는 무언가 하나를 얻는다.

얄밉게도 세상은 적당히 노력하는 자에게
세상 무엇 하나 호락호락하게 주는 법이 없다.
'세상은 누구나 할 수 있는 노력을 통해 성공을 주지 않는다.'
아쉽지만 그것이 인생이다.

생각의 차이

인생 잘난 거와 못난 거 생각의 차이일 뿐이다. 누구나 잘난 것도 주셨지만 못난
것도 주셨다. 다만 잘난 거는 드러내고, 못난 거는 감출 뿐이다.

소신 있는 사람들이
성공하는 세상

"소신껏 이룬 성공이 아니면, 남 보기에 좋아도 스스로 좋다고 못 느끼면, 전혀 성공이 아니다"라는 안나 퀸드랜의 말이다.

소신 있는 사람들이 꿈을 꾸고, 소신 있는 사람들이 어려움 속에서도 진정한 승리자가 되는 세상이 되었으면 좋겠다.

눈치나 보면서 부귀영화를 꿈꾸는 사람보다 소신 있는 사람들이 성공하는 세상, 그런 멋진 나라가 대한민국이었으면 좋겠다.

세 가지 삶의 지침
하나, 그릇을 크게 만들어라. 둘, 내 삶에 리미트(Limit, 한계)를 좀 더 높은 곳에 설정하라. 셋, 준비를 잘하는 사람이 고기도 많이 잡는다.

인생은 배터리다

사랑은 배터리다.
한 번 사랑했다고 영원히 사랑의 등불이 점등된다고
가벼이 생각하지 마라.

배움은 배터리다.
한 번 배운 지식으로 평생을 우려먹으려 들지 마라.
그것은 착각이다.

인생은 배터리다.
세월이 가면 열정이 식는다.
재충전하지 않고 좋은 날 보려는 것은
지나친 욕심이다.

오늘 내 인생에
무엇을 충전할 것인가?
번뇌가 깊어지는 이유다.

인생을 반칙으로 살지 마라

인생 반칙으로 살지 마라.
이 사회는 당신의 반칙을 용인해 줄
그런 너그러운 사회가 아니다.

인생은 자신 스스로가 심판이다.
심판이 흔들리면 아니 되는 것처럼
정도(正道)를 걷고자 하는 마음이
하시라도 흔들려서는 아니 될 일이다.

더더도 편법과 친하지 말아야 한다.
군자 필신기독(必愼其獨)이라고
홀로 있을 때 마음을 정갈하게 한다.

정도(正道)란 원래 처음에는
손해 보는 것 같고, 해로운 것 같으나
결국에는

빠른 길이요, 이로운 길이라는 것을
이제야 조금 알 것 같다.

참 성공을 추구하라.
반칙으로 얻은 성공은 쉽게 부서져도
정도(正道)로 얻은 성공은 부서지지 않는다.
나는 이것을 참 성공이라 말한다.

센스는 인생을 담는 그릇이다

센스쟁이가 되라. 센스는 인생을 담는 그릇이다. 어떤 사물이나 현상에 대해 감각이나 판단력을 키우는 일, 그것이 센스(Sense)다. 센스 있는 사람이 어디에서나 대우를 받는 세상이다. 그대여! 센스 있으라.

울고 싶을 때 더 당겨라

정신일도 하사불성(精神一到 何事不成)
일체유심조(一切唯心造)

모든 것은 오로지 마음이 만들고
내 정신이 살아있어야
내가 원하는 것을 이룰 수 있다.

비록 내 화살이 가냘파도
기(氣)와 정신(精神)을 모아
활시위를 크게 한 번 당겨보자.

내가 가진 스펙이 나약해도
눈빛으로 바위를 뚫는다는 마음으로
내 인생에 공(功)을 들여보자.

어떤 일을 이루는 데 필요한

정성과 노력의 끝은 없다.
내가 쏜 화살이
돌에 박힐 때까지 도전해보자.

그런 마음으로 힘들고 아플수록
정신을 맑게 하는 연습을 게을리 하지 않았다.
기분 좋고 행복할 때, 그때 역시
단 한 번도 정신줄을 놓지 않았다.

요즘 사람들 사우나는 자주 하면서
정신을 맑게 하는 연습에는
참 게으른 것 같다. 아니 될 일이다.

담뱃재

담배도 싫지만 참을성 없이 떨어지는 담뱃재, 그 녀석이 더 싫다.

나 자신을 제일
잘 아는 사람 또한 나다

결과가 궁금하거든
조용히 자기 자신에게 물어보라.
자신의 손과 발에 물어보라.
그리고 냉철하게
자기 가슴을 향해 질문을 던져보라.

지금의 내 배움으로
지금의 내 노력으로
10년 후 성공할 수 있겠는가?

나는 그 질문에 늘 부정적인
대답을 듣고 살아왔다.
그래서 더 열심히 배우고자 했다.
그래서 더 열심히 하고자 했다.

지금에 와서 생각하건대

그때 바른 말을 해준

내 가슴과 내 손과 발이

너무 고맙고 감사하게 느껴진다.

나 자신이 브랜드다

나 자신이 브랜드다. 명품을 갖기 위해 노력하기보다는 나 자신이 명품이 되고자
노력하라.

언제까지나 삼류 브랜드로 살기에는 내 인생 슬프니까. 내 인생 초라하니까.

힘들다 말하기엔
너무 이르다

100m를 뛸 사람이 아니다.
1,000m를 뛸 사람도 아니다.
42.195km를 뛰어야 할 사람이다.

어떤 사람은
아직 스타트도 안 했으면서도
힘들다고 말하고
또 어떤 사람은
아직 10km도 뛰지 않았으면서
힘들다고 말한다.

그러나
아직
아직
힘들다 말하기엔 너무 이르다.

인생은 마라톤이다.
스타드(Start)에서 피니시(Finish)까지
어느 하나
어렵지 않은 구간이 없다.

힘들어도 꾹 참고
의지 하나로 달리는 것이다.
지쳐도 내일의 꿈이 있어
묵묵히 달리는 것뿐이다.

하루 한 번은 지키지 못한 약속은 없는지, 하루 한 번 할 일을 무심코 흘린 건 없
는지, 하루 한 번 문자, 카톡, 메일 등 빠진 것은 없는지 점검하는 습관이 성공의
습관이다.

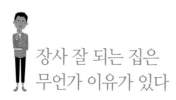

장사 잘 되는 집은
무언가 이유가 있다

고객이 부르기 전에 고객에게 다가가는 것
(고객이 부르면 그때는 이미 늦다.)

고객에게 열심히 하는 모습을 보이면 고객의 충성도는 높아진다.
(고객은 성실한 모습을 보기 좋아한다.)

고객에게 행복을 주려고 애써라.
(고객은 받은 서비스 이상을 주려고 생각하고 있다.)

고객을 향해 웃음을 보이기보다
고객이 나를 보고 웃을 수 있도록 하라.
(고객은 상품보다 진정성을 먼저 본다.)

고객이 원하는 플러스알파가 뭔지 생각하라.
(고객 역시 내가 가는 단골집이 부자 됐으면 하는 마음이 크다.)

장사 잘 되는 집은 무언가 이유가 있다.

장사 잘 되는 집은 남달리 무엇인가 다른 게 있더라.

이사를 가는 바람에 자주 가던 단골집을 가지 못했다.

지금도 장사가 잘 되는지 발길이 돌렸다.

익숙한 골목길에 들어서자 간판이 보인다.

예상대로 손님이 바글바글했다.

오랜만에 찾은 덕인지 주인이 한 걸음에 달려와 반갑게 맞는다.

덕분에 맛있는 음식, 모처럼 포식을 했다.

잘 되는 집은 뭐가 달라도 다르다.

부지런의 향기가 난다.

친절한 향기가 난다.

신선한 향기가 난다.

고객은 이 향기를 맡으러 단골집을 찾는다.

감사의 표현은 산타 같아서

감사의 표현은 산타 같아서 감사를 표하는 사람에게 감사한 일을 더 많이 만들어 준다. 감사드려서 좋고, 감사한 일 더 많이 받아서 좋고, 일거양득이란 생각이 든다.

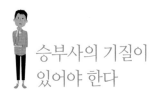

승부사의 기질이 있어야 한다

허허실실 좋은 게 좋다고 두루뭉수리 넘어가는 사람치고 성공하는 사람 못 봤다.

'사람 좋다'라는 립서비스에 취해 세상을 살면 아무것도 얻지 못한다.

승부사의 기질이 있어야 한다. 때론 독하다는 이야기도 들어야 한다. 바른 말 잘한다는 이야기도 들어야 한다.

승부사의 기질은 때론 눈에 거슬려도 서로에게 발전적인 방향으로 나아가는 풍향계 역할을 한다.

레드오션 환경일수록 강한 승부욕을 가져야 한다. 강한 승부욕은 간혹 마찰을 부를 때가 있지만 결과적으로 보면 이득이 더 크다. 모두에게 윈-윈하는 역할을 할 때가 많다.

남에게 아픈 곳을 헤집는 것이나 남에게 피해만 주지 않는 범위에서 발동하는 승부욕은 서로의 인생에 보약이 된다.

세상은 맹탕같이 살면서 서로에게 발전을 가져다 줄 만큼 그리
녹녹하지 않으니······.

사랑합니다! 마음으로만 숨겨두지 말고 표현하세요. 감사합니다! 마음으로만 간
직하지 말고 표현하세요. 마음을 표현할 때 행복한 일이 기적처럼 일어납니다.

STEP 6 | 인연의 끈

마음 터놓고
이야기할 사람

무슨 일이든
마음이 있는 곳에 길이 있다.

남편 바라기

그 남자가 아프면
바라보는 그 사람도 아프겠지.

그 남자가 자신감을 잃으면
바라보는 그 사람도 괴롭겠지.

평생을 남편 바라기.
그런 착한 아내를 생각하면
일 년 열두 달
아플 수도 없고
자신감을 잃을 수도 없다.

사람 좋은 것도 '웬수'여······

원수 같은 놈.

나쁜 짓을 해서만이 꼭 원수가 되는 건 아니라 능력도 있고, 충분히 일할 수도 있는 사람이 하라는 일은 안 하고 뻑 하면 손 내미는 사람이 원수요, 그런 사람 옆에서 도와주는 사람이 잘못된 사람이다.

자식이 불쌍하다고 도와주고, 형제자매가 도와 달라 한다고 도와주고, 친구나 선후배 직장 동료가 도와달라면 도와주고, 좋은 게 좋은 거라며 인정에 이끌려 어물쩍 넘어가는 사람들 때문에 집안의 원수가 되고, 클 놈이 크지 못하고 사회적 해를 끼치는 놈이 된다.

손 벌리는 친구들은 인생을 쉽게만 살려고 한다. 조금이라도 힘들거나 어려운 것이 있으면 스스로 해결해 보려는 노력은 안 하고 앉아서 편히 해결하려는 노비 근성을 가지고 있다.

돈 때문에 손 벌리는 사람과 동조하면 본인도 패가망신한다. 서로 노력을 해도 살기 어려운 세상에 가깝다는 이유만으로 호의를 베풀다가는 같이 망한다.

사회악과 동조하지 말고 인정을 베풀지 말자. 그럴 여유 있으면 사회의 힘든 구석을 찾아 기부하는 기부문화의 확산이 오히려 더 시급한 때다.

세상은 서로 돕고 살 만큼 그리 호락호락하지 않다.
'독한 마음 없이 살아가는 사람에게 호의를 베푸는 것, 그것은 그 사람을 도와주는 게 아니라, 그 사람을 나락으로 떨어뜨리는 결과를 내 손으로 만든다'는 사실을 알았으면 좋겠다.

내 앞에 장애물이 있을 때 감사하라

날이 밝았다가 구름이 끼듯 노력을 믿다가도 때로는 두려움으로 가던 길을 멈출 때가 있습니다. 꿈이 있는 젊은이는 구름을 탓하는 자가 아니라 구름을 걷어내는 사람입니다.

참 존경하는 사람

나와 한 이불을 덮고 사는 사람에게 '참 존경한다'라는 마음을 갖는 것보다 이 세상 더 행복한 일이 있을까?

내가 이룬 성공보다도, 더 가치 있는 내조, 간혹 내 곁에서 나의 멘토인양 시시콜콜 잔소리를 해대지만 그래도 밉지 않은 걸 보면 가히 존경스럽다.

내가 갖지 못한 것을 많이 가진 그런 착한 아내라서 사랑하나 보다.
배려심 많은 아내라서 존경하나 보다.

나는 그 행복의 정점에 서 있다.
다시 태어나도 프러포즈 하고 싶은 여자.
그 여자 곁에 있는 난 너무 행복하다.
오늘도 아내 곁에서 쉬어 가련다.

세 사람을 멀리하세요

인생은 만남이다.
한 사람을 만나서 내 인생에 도움이 될 수가 있고
한 사람을 잘못 만나 평생을 후회하는 사람이 있다.

도움이 되는 인연에는 반드시 공통분모가 있다.
꿈을 가진 사람
배움을 가까이하는 사람
일을 손에 놓지 않는 사람

멀리해야 할 세 부류의 사람은 정해져 있다.
꿈이 없는 사람
배움을 멀리하는 사람
일을 하지 않는 사람

멀리해야 할 세 사람과 친해져서 득보는 꼴을
여태껏 보지 못했다.

어이쿠, 내 새끼

모처럼 인사 한 번 드리면
어이쿠, 내 새끼 하며
와락 끌어안던 어머니.

신발 닳는 것도 아닌데
타이어 닳는 것도 아닌데

살아생전
그땐 뭐하고
지금은 그리워하는지.

경험은 실수를 거듭해야만 서서히 알게 된다.

— J.A 푸르드

그 많던 꿈 어디로 갔을까?

팀이 강해야
외로움도 덜 탄다

가족도 팀이다.
회사도 팀이다.
친구도 팀이다.

혼자만 강한 삶을 추구하는 것보다
자신도 강하고, 팀도 강해져야
삶의 외로움도 줄어든다.

힘든 일이 생겼을 때를 가정하라.
힘든 일 슬기롭게 극복하는 힘은
결국 팀에서 나온다.

도움은 못 줘도
피해는 주지 마라

부자지간, 형제지간, 부부지간, 친구지간
도움도 안 주며 피해만 주는 사람 많더라.
이런 사람이 제일 짜증나게 하는 사람이다.

나는 누가 도움을 준다 해도 싫다.
자력으로 크고 싶었기 때문이다.
"도와줘서 성공했다"라는 소리보다는
"열심히 해서 성공했다"라는 말을 듣고 싶었다.

살면서 어떤 사람이 좋은 사람이냐고
물어올 때면 나는 거침없이 말한다.
"좋은 사람요? 나에게 피해 안 주는 사람요."
살아보니 나에게 피해만 안 주면
그 사람은 더없이 좋은 사람이더라.

제발, 상대방에게 도움은 주지 못할망정

피해를 주지 않는 사람이 되었으면 한다.

편할수록, 가까울수록 더 말이다.

행동은 내 인생의 성벽(城壁)이다

마음먹은 대로 행동하지 않으면 행동한 대로 마음이 굳어진다. 사람의 마음은 찰흙과 같아서 행동하지 않으면 금세 굳어진다. 굳어진 찰흙으로 예쁜 내 모습을 만든다는 것은 불가능한 일이다.

아빠 노릇하기 힘든 세상

아침에 출근해서 직원들의 탈의실을 보는 순간, 마음 한편에 울컥하는 마음이 생긴다.

열심히 일하는 것밖에 모르는 착한 직원들, 그들은 왜 이렇게 힘든 환경 속에서도 웃음을 잃지 않고 일에 몰두하는지…….

그들이 땀 흘리는 건 다 가족들 때문이리라. 아빠로서, 가장으로서 가족 행복만을 위해 고된 몸을 이끌고 오늘도 일과 힘겹게 싸운다.

열심히 땀을 흘리는 직원들을 볼 때마다 마음은 항상 아프지만 그래도 힘을 낸다. 내가 강해야 나를 보고 열심히 일하는 직원들에게 작은 위로와 희망이 될 테니까 말이다.

며칠 전부터 목 디스크가 왔는지 목이 저리다. 그럼에도 일터를 벗어날 용기가 나질 않는다.

한순간도 게으름을 부릴 수 없는 아빠의 길, 힘든 것도 참고 통증도 참아야 하는 아빠의 마음!

누가… 이 마음을… 알까?

그땔버 끝 어디로 갔을까?

나 잘 되라고 빌어주는 사람

내 곁에 나 잘 되기만을
학수고대 빌어주는 사람이 많을 때
내 앞길에 운(運)이 따른다.

세상살이 뺏어가는 사람은 많아도
나 잘 되라고 빌어주는 사람은
생각보다 많지 않다.

헛 인간관계에 현혹되지 말고
우선 나 잘 되기를 빌어주는 사람에게
잘하도록 노력을 해야 한다.

그것이 인간의 도리요
내 삶에 대한 예의이자
내 인생에 운(運)을 부르는 행동이다.

아빠의 부탁

여태껏 살면서 참으로 많이 행복했다.

돌이켜보면 우리 팀의 행복 첫 번째 조건은, 우리 팀(가정)에서는 큰소리(짜증)보다는 환한 웃음소리가 많았다는 것이다.

나는 그 부분에 대해서 우리 팀(가정)에게 진심으로 무한 감사와 사랑을 전한다.

아무것도 가진 게 없이 흙수저 하나 딸랑 들고 도전과 시련의 험난한 길을 걸으면서도 두 어깨에서 자신감을 내려놓은 적 없이 많은 것을 이룰 수 있었던 주 동력(動力)이 무엇이냐고 묻는다면 나는 주저 없이 말한다.

"우리 팀(가정)에는 짜증 나는 일이 있어도 서로 내색하지 않았어요."

앞으로도 함께 걸어야 할 많은 인생길……. 지금껏 그래왔듯이 무슨 일 있어도 웃으며 멋진 팀(가정)의 전통을 함께 만들어가자.

살다 보면 짜증나는 일이 한두 가지겠냐만 그동안 짜증나는 일이 있어도 몸소 삭히며 헌신적으로 어시스트해준 우리 팀(가정)에게 가장으로서 무한 존경과 사랑을 전한다.

사랑했던 마음이 식을 때 그때는 아프다

세상살이 두려움은 없지만 사랑했던 마음이 식을까 염려될 때, 그때는 두렵다. 어려움도 겪어봤다. 차가운 바람도 맞아봤다. 그러나 사랑했던 마음에는 지금껏 상처를 받지 않았다. 그래서 두렵다. 그래서 떨린다.

품고 가는 게 상책이다

나도 내가 싫을 때가 많은데
같이 사는 배우자라고
나를 싫어할 때가 없겠는가?

나도 내가 미울 때가 많은데
어찌 자식이라고
내 속을 다 알아주겠는가?

나 자신도 실망스러울 때가 많은데
하물며 주변 사람들 때문에
실망하는 일이 왜 없겠는가?

다 내 맘처럼 되기를 바란다면
그것은 자기만의 욕심이다.

세상일 이리저리 마음고생하고

노여움과 미움을 가질 게 아니라
용서와 이해 그리고 사랑으로
품고 가는 것이 상책인 듯싶다.

경청과 리액션이라는 습관

남의 말을 곱게 듣고 리액션으로 감사함을 전하는 습관을 들여라. 경청과 리액션
이야말로 자다가도 떡이 나오는 좋은 습관이다.

이런 여자를 만나라

선물 들고 오는 손끝을 보는 것이 아니라
나의 마음을 보는 여자를 만나라.

월급날 통장에 찍힌 금액을 보는 게 아니라
내 작업복에 묻은 땀의 노고를
생각하는 여자를 만나라.

나에 대한 헌신과 배려가 몸에 배인 여자,
그 고마움과 감사함을
평생을 갚아도 못 갚을 것 같은
그런 여자를 만나라.

마음 터놓고 이야기할 사람

생얼 같은 사람
앞뒤 가리지 않아도
전혀 불편함이 없는 사람.

그렇게
마음을 터놓고 이야기할 사람이
곁에 있어서 참 좋다.

비가 와도
눈이 와도
씻겨 내려가지 않을 인연이기에
참으로 감사하다.

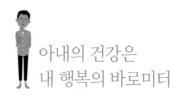

아내의 건강은
내 행복의 바로미터

참 오래 걸렸습니다.

아내의 건강이 곧 내 행복의 바로미터(Barometer)였다는 사실을

…….

아내는 그저 건강한 줄 알았습니다.

아내는 항상 웃는 얼굴인지 알았습니다.

매사 행복한지만 알았습니다.

그러나 요즘 와서야 아내의 비밀(?)을 알고 말았습니다.

남편이 힘들고 어려울 때 편히 일하라고 집안일 걱정 안 하게 하려고 아파도 참고, 힘들어도 내색하지 않고 참다 참다 폭발 직전이어도 남편을 위해 웃어 보였고, 행복해 보이도록 무던히 노력했다는 사실을 이제야 알았습니다.

비밀을 캐기까지 강산이 3번 바뀌었고, 이제 살만하니 자동적으로 아내의 비밀이 내 눈에 들어와 자연스럽게 알게 되었습니다.

그동안 남편과 자식들을 위해 참고 참아왔던 몸에 부작용이 서서

그 많던 꿈은 어디로 갔을까!?

히 나타나기 시작한 것입니다.

몸이 아파도 엘리베이터 앞까지 배웅하는 아내.
아내가 아프니 아무 일도 손에 잡히지 않네요.
다행히 큰 병은 아니라 천만다행이지만 말입니다.

참 오래 걸려 알게 된 숨겨왔던 아내의 비밀. 그 비밀의 열쇠를 손에 쥐었으니 이제부터라도 아내를 챙겨야 되겠구나 하는 생각이 들었습니다.

그간 집안일, 자식 교육 신경 안 쓰며 일에 몰두하고, 일을 통해 작은 성취를 한 것도 아내의 덕이며, 그동안 내가 웃고 내가 행복해 했던 순간들도 온전히 아내의 희생이 있었기에 가능한 일이라 생각하니 그저 눈시울이 아려옵니다.

아내의 기분을 헤아리지 못하고, 아내의 힘든 것을 생각하지 못하고, 아내는 그저 웃는 사람으로 여겼던 바보 같은 지난날. 이제라도 철들어 아내를 바라볼 수 있음이 내게 크나큰 행복으로 여겨집니다.

생일날이라고 알량한 선물 하나 툭 던지고, 결혼기념일이라고 흔한 꽃다발 치켜들고 들어가며 의기양양했던 모습이 너무 부끄럽게 여겨집니다.

처음 연애하던 설렘을 다시 찾고 싶습니다.

결혼식장에서 가졌던 마음으로 그동안 많이 힘들었을 아내의 마음을 어루만져 주어야겠다는 생각이 듭니다.

'참 고마운 당신.' 이럴 때 쓰는 표현 같습니다.

총각 때 데이트하는 기분은 따라가지 못해도 연륜이 있는 포근함으로 다가가 아내를 행복하게 해주는 일이 우선이라는 생각에 퇴근 시간이 바빠집니다.

철이 들면 손발이 참 바빠지나 봅니다.

남과 비교하지 마라

남이 가진 것, 그 사람이 다 가지면 이미 그 사람은 내 사람이 아니다. 부족한 것 조금씩 채워가는 것, 그것이 진정한 사랑이요, 오래가는 사랑이다.

먼저 나 자신이 바로 서라

Relationship to Help Each Other.

인간관계가 바로 서기 위해서는 먼저 나 자신이 바로 서야 한다.
모든 관계의 출발점은 자기 자신이다.
'인간관계의 일방통행은 없다.'
'아름다운 인간관계는 서로 서로 도움이 될 때 꽃이 핀다.'

인간관계 편하게 생각하자.
무엇보다도 나 자신이 바로 서고 상대가 원하는 것이 무엇인지?
상대의 니즈에 눈높이를 맞추려는 부단한 노력이 가미될 때 인간관계가 끈끈해질 수밖에 없다.

어제의 나보다 조금 발전된 내가 될 때 인간관계는 저절로 돈독해진다.

듣기 싫은 부모의 잔소리

시도 때도 없이 날아오는 지긋지긋한 잔소리.

듣는 당사자는 진절머리가 나겠지만 잔소리를 해야만 하는 부모의 심정 또한 충분히 이해가 가는 대목이다.

부모는 그렇다. 세상 살아보니 돈 없고 백 없이 살아가는 게 얼마나 더럽고 힘든 건지 알기 때문에 그렇다.

부모는 똑같다. 세상 살아보니 젊어서 밭을 갈지 않으면 나이 들어 느끼는 고통이 예상보다 크다는 걸 알기 때문이다.

부모는 말한다. 세상 살아보니 성공이 부럽더라. 성공해서 당당하게 사는 사람들을 보면 내 새끼도 저랬으면 하는 욕심에서 그렇다.

그런 부모의 욕심을 잔소리라 탓할 수 없다. 살아온 인생이 후회가 돼서 그렇다. 내 자식만큼은 내 전철을 밟지 않았으면 하는 자식 사랑이 강해서 그렇다. 미안하다.

부모의 잔소리에 짜증부터 내기보다는 잔소리를 듣는 내 게으름에 짜증을 부리고 젊음을 아름답게 소진하지 못하는 내 행동에 화를 내는 청춘이 많았으면 좋겠다.

남자의 눈물
남자도 때론 울고 싶을 때가 있다. 그러나 울지 않는다.
왜? 마음이 약해질까 봐.

자녀를 숨 막히게 하지 마라

'사랑한다'는 이유 하나만으로
'다 너를 위해서 그런다'는 말로
자녀를 숨 막히게 하지 마라.

"그만~~. 나도 다 안다구~~~!!"
"제발~~. 남과 비교하지 말라구~~~!!"
절규하는 아이들에게
사랑을 핑계로 회초리가 가해진다면
그것은 잘못된 일이다.

"나도 숨 쉬고 싶다."
"나 사랑 안 해줘도 좋거든."
"내 미래 생각 안 해줘도 좋거든"
하며 반항하는 아이들.
아무것도 모를 것 같아도
그들에게도 다 생각이 있다.

아이들을 좀 격려해주자.
건강하게 자라주는 것만 해도
너무 고마운 일이구나 하고 감사하자.

늦둥이를 낳은 것도 부모요
외동 아들딸을 낳은 것도 부모다.

핵가족화되어 공부도 잘하고
취업도 잘해서 아이가 행복했으면
하는 바람이야 다 알지만
한편으론 그건 부모의 욕심이다.

자식이 아무리 잘한들 성에 안 찬다.
부모의 눈은 항상 위만 바라본다.
그런 부모의 눈높이를
과연 몇 명이나 충족시킬 수 있을까?

그들은 많이 외롭다.
참 사랑이 많이 그립다.
두려움에 떨고 있는 아이들…….
같은 부모로서 미안함이 앞선다.

"저 오늘 울었어요"

늘 배부른 사람은 조금만 배고파도 먼저 성을 내지만, 늘 배고픈 사람은 먹을 것이 와도 옆을 한 번 보고 음식을 먹는다.

가진 놈이 자기 좀 어렵다고 직원들에게 정신 똑바로 차리라고 호들갑을 떤다. 어찌 보면 '지금의 내 모습이 아닌가' 하는 반성을 하고 집에 들어가던 중 대리운전 기사님으로부터 뜻밖의 이야기를 들었다

"사장님, 저 오늘 울었어요."
모르는 사람인데……. 왜 저런 말을 하지? 갸우뚱하며 물어봤다.

"왜요? 무슨 기분 나쁜 일 있으셨나요?"
"아뇨. 사실은 저 오늘……."
(잠시 목이 메는 듯 숨을 고르더니)

"저 오늘 결혼 16년 만에 신도시 아파트 계약했어요. 아무것도 없이 빈손인데 저를 믿고 결혼해준 애 엄마에게 집 사준다는 약속을

그땐들 꿈엔들 어디로 갔을까?

지킨 것 같아 너무 좋네요. 16년 동안 대리운전만 해서 집을 하나 장만한다는 게 쉬운 일이 아니잖아요. 정말 열심히 하니까 되네요 ……. 그동안 쌍둥이 낳아서, 아이들 열심히 뒷바라지해준 애 엄마에게 너무 고마운 생각이 들어서 계약서에 도장을 찍는데 저도 모르게 눈물이 나오더라고요."

차 안에는 잠시 침묵이 흘렀다. 기사님 옷이라도 한 벌 사주고 싶은 마음 꾹 참고 한마디 했다.

"아! 정말……. 정말 훌륭하세요. 정말 잘하셨네요. 오늘은 눈물이 날만 하겠어요……. 사실 돈 많은 것도 좋지만, 내가 열심히 노력해서 번 돈으로 가족과 행복하게 살 수 있는 집을 산다는 것 모든 사람의 꿈이잖아요. 오늘 그 꿈을 이뤄서 너무 뿌듯하시겠어요. (나도 모르게 엄지를 치켜세워주었다.)

16년 동안 대리운전만 해서 집을 산 것도 대단하지만, 그 공을 전부 아내에게 돌리는 마음까지 아름다운 분. 그런 분이 곁에 산다는 행복이 밀려오는 하루였다.

대리기사님 가정에 건강과 행복이 영원히 함께 하길 진심으로 빌어본다. 폼 잡고 거들먹거리는 사람들이 많고, 허영에 들떠 비틀거리는 사람들이 많은 세상에서, 오늘처럼 묵묵히 자신의 일에 최선을 다하는 사람이 기쁨의 눈물을 흘리는 사회, 그런 아름다운 세상을 꿈꾸어 본다.

부부 사이에 금기(禁忌)는 정확히 지켜라

부부 사이에 심판은 없지만
부부 사이에 금기(禁忌)는 있다.

아무리 화가 날지라도
해야 될 말이 있고
하지 말아야 할 말이 있다.

아무리 밉더라도
해야 될 행동이 있고
하지 말아야 할 행동이 있다.

어떠한 경우라 할지라도
절대로 하지 말아야 할 말은
'아내에게 상처 주는 말이다.'
'남편의 기(氣) 꺾는 말이다.'

깨진 항아리 붙여본들
오래가지 못하듯
금기(禁忌)를 뛰어넘는 언행은
부부 사이를 허무는
제일의 조건임을 알아야 하겠다.

원망과 행복은 시소와 같다

원망과 행복은 시소와 같아서 원망을 내려놓으면 내려놓을수록 행복의 크기는
그만큼 높아진다.

내 자랑 들어주는 사람

사실 따지고 보면 시시껄렁한 이야기다.
가만히 생각해도 영양가 없는 이야기다.
하지만 그 이야기를 진지하게 들으며
재밌게 웃어주는 사람이 있다는 건 행복이다.

사소한 것 하나 누구에게 말하고 싶어도
말을 쉽게 못하는 세상에서
내가 하는 말을 같이 공감해주고
거기에 리액션까지 더해주는 사람은
지극히 찾아보기가 힘들다.

아플 때 내 곁에서 위로해주는 사람도 좋고
힘들 때 곁에서 토닥여주는 것도 좋지만
지치고 피곤하고 짜증나는 세상에서
제 자랑 조곤조곤 받아줄 사람 있다는 것도
시나브로 크나큰 행복이라 할 수 있겠다.

272

웃음이 멈춰버린 각박한 세상에
그래도 내 자랑을 들어주는 사람,
그 사람이 있어 그런지 하루가 마냥 즐겁다.

좋은 사람, 나쁜 사람

하루가 다르게 세상이 바뀌고 있는데 예전과 똑같은 방법으로, 남과 똑같은 노력
으로 돈을 벌려고 사는 사람은 나쁜 사람이다.

성의 없는 사람과
사랑하기 싫다

성의는 상대방에 대한 존중이다.
성의는 상대방에 대한 예의다.
상대방을 존중하지 못하고
예의가 없는 사람에게 다가갈 이유는 없다.

성의 없는 사람과는 같이 밥 먹기도 싫다.
성의 없는 사람과는 같이 일하기도 싫다.
성의 없는 사람과는 사랑하기도 싫다.

나쁜 일 빼고는 모든 일에 성의를 다하라.
나의 행동수칙 1장에 나오는 말이다.

"인생은 누구나 기회가 있다"라고 말한다.
그러나 '기회는 매사 성의 있는 사람에게만 온다'는
사실을 잠시 잊고 사는 듯하다.

같은 꿀이라도 다 같은 꿀이 아니다.
정성스럽게 모은 꿀이라야 몸에도 좋다.

내 삶에 있어 성의가 얼마나 중요한지
왜 모든 일에 성의를 다해 살아야 하는지
다시 한 번 곰곰이 생각해 볼 일이다.

위로받으려 하지 말라. 위로받으려 하지 말라. 자기 연민은 마약과도 같다.
순간적인 위로를 줄지 모르나 중독성이 강해 결국 현실에서 괴리되고 만다.
— 존 가드너

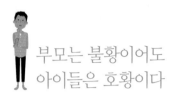

부모는 불황이어도
아이들은 호황이다

A : 오늘 날씨 엄청 춥네요.

B : 그러게요. 올 들어 제일 추운 날씨래요.

A : 이제는 꽃샘추위 한두 번 오고 겨울도 끝나겠죠?

B : 그럼요. 이젠 겨울 다 갔어요.

A : 에휴~~. 그나저나 겨울 다 가면 뭐 한데요. 서민경제는 아직
도 엄동설한인데……

B : 하긴 그러네요. 저도 이십여 년 사업을 했지만 제일 힘드네요.
어떻게 갈수록 어려워져요.

……

거래처 임원과 화장실에서 나눈 잠깐의 대화였지만 언제나 이야
기의 끝은 경제문제인 것 같다. 문득 자식들의 얼굴이 떠오른다.
머지않아 우리의 세대가 지나면 자식들의 세대가 올 건데 경기가
좋아질 기색이 보이지 않으니 걱정이다.

그러나 자식들은 아직 모른다. 불황 속에서도 발버둥 치는 부모의 심정……. 부모는 고생스러워도 자신들이 고생하는 것을 굳이 말하려 하지 않는다. 오히려 자식들이 눈치챌까봐 오히려 숨기며 산다.

'부모는 불황이어도 아이들은 호황이다.'

부모의 마음을 몰라도 좋다. 그러나 언젠가 맞을 찬바람에 차분히 준비하는 자식들이 되었으면 하는 마음은 변함이 없다.

시린 겨울을 참고 견디며 부모가 땅을 다졌다면, 이제 자식들은 그 위에 기둥을 세우고 지붕을 만들어야 한다. 강력한 태풍과 상상하지 못할 쓰나미가 와도 끄떡없는 단단한 집을 지었으면 하는 생각뿐이다. 그것이 부모는 고생이 되더라도 자식들 앞에서는 웃음으로 대하는 부모 마음이란 걸 자식들은, 아니 이 땅의 청춘들은 바로 알았으면 좋겠다.

남자 기(氣) 꺾지 마라

남자 기(氣) 꺾지 마라.
남자가 기(氣)가 꺾이면
그 피해가 고스란히 여자한테 간다.

여자에게 상처 주지 마라.
여자에게 상처를 주면
그 상처가 곪아 결국은 남자에게 간다.

아무리 화가 나더라도
서로에게 넘지 말아야 할
선이 있다.

금도(襟度)를 지키는 일,
어쩌면 사랑보다
우선일지 모르겠다.

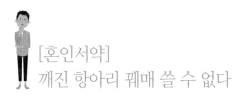

[혼인서약]
깨진 항아리 꿰매 쓸 수 없다

〈혼인서약〉

저는 ○○○ 양(또는 ○○○ 군)을 아내(또는 남편)로 맞아 어떠한 경우라도 항시 사랑하고 존중하며, 어른을 공경하고 진실한 남편(또는 아내)으로서 도리를 다하여 행복한 가정을 이룰 것을 맹세합니다.

오늘도 많은 사람들이 '혼인서약'을 하고 행복한 부부로 첫출발을 한다. 그러나 철석같이 맹세한 그 혼인서약은 그다지 오래가지 못하고 휴지조각이 된다. 참으로 안타까운 일이다.

서로가 평행선을 달리지 않았으면 좋겠다.
쉽게 생각하면 그렇다.
이 땅에 많은 남자들(남편들)은 자기 몸은 어디 조금만 부딪혀도 아프다 하고, 자기 몸을 살짝 물면 아프다고 자지러지면서 왜 배우자의 아픔은 안중에도 없고 서로 할퀴고 내팽개치는지 모르겠다.

어떤 사람은 밖에서는 남녀노소 할 것 없이 다 호인이다. 그러나 집에 가면 180도 달라진다.

자기가 뭐 '지킬과 하이드'인가?

왜 밖에서는 호탕하게 잘 놀다가 집에만 가면 자기는 외롭고 힘들고 마치 세상 짐(근심, 걱정) 혼자 다 지고 가는 사람처럼 행세하면서 배우자는 힘든지, 마음은 외로운지 알려 하지 않는다. 참으로 인정머리 없는 남자들이다.

자기는 힘들고 지치면 처자식 먹여 살리느라 혼자 애쓰기 때문이며, 아내가 힘들고 아프면 "니가 뭐 때문에 힘드냐?", "니가 뭐 했다고 아프냐?" 하고 대뜸 신경질부터 부린다.

참다 참다못한 아내들은 그럴 때마다 "개도 아프다, 이놈아!"라고 소리치고 싶지만 그놈의 새끼들이 뭔지 울분을 참는다. 아이들 때문에 참는다. 그렇게 많은 아내들이 상처를 받으며 살고 있다.

적어도 그렇다. 내 아내는 상처를 동여매고라도 아이들 아빠이기에 좋은 이야기만 골라서 한다. 아무리 미워도 아이들 아빠이기에 수없이 참고 또 참는다.

그러나 남편들은 모른다. 그 여자(아내)가 바라볼 수 있는 사람은 오직 남편뿐이라는 걸, 남자(남편)들은 모른다.

그런 여자가 내 아내요, 내 아이의 엄마다. 이 땅의 남자들, 아내 자리를 지켜줘야 한다. 아내의 마음을 다독거려 주어야 한다. 지켜주고 토닥거려 줄 사람이 세상에 단 한 명뿐이다.

　엄마가 떨면 아이들도 춥다. 날씨도 추워지는데 가정에 사랑의 온기마저 없으면 정말 견디기 힘들다. 그 사랑의 온기를 남편들이 스위치를 넣어 주어야 한다.

　결혼반지 끼워줄 때 마음으로 돌아가자.
　밖에서 일하느라 아무리 힘들고 스트레스 받더라도 말 한마디, 행동 하나 상처 안 받게 하는 일, 그것이 남편의 기본 서약이 아닐까.

비 내린다고 하늘 탓하지 마라

한 번쯤 비를 맞아야 태양의 고마움을 안다. 한 번쯤 폭풍우를 맞아야 움막의 감사함을 안다. 한 번쯤 눈물을 흘려야 부모의 힘든 것을 안다.

저자의 책에 대한 청춘들의 추천사

스테디셀러 《철든 놈이 성공한다》 이후 《성공은 바보다》, 《울지 마. 내일이 있으니까》, 《피얼러스》 등 새로운 책을 지속적으로 출간해오고 있는 저자는 대학교 겸임교수이자 중소기업 CEO이다. 그간 출간된 저자의 책을 읽고 쓴 청춘들의 추천사를 옮겨본다.

– 〈편집자 도움말〉

"인생의 멘토로 삼고 지금보다 나아지는 삶을 살도록 하겠다"

매사 자신감이 없고, 자괴감에 절어 인생 두려움 속에 지내던 나에게 한 줄기 빛과 같은 책이었습니다. 이 책이야말로 제 인생의 멘토로 삼고, 두려움을 이겨나가는 무기로 삼아 지금보다 더 나아지는 삶으로 살 수 있도록 하겠습니다. 우연히 만난 책 한 권의 인연이 이렇게 큰 울림이 될 줄은 몰랐습니다.

"힘든 일이 생길 때 두고두고 읽으면 좋을 것 같다"

수업시간에 교수님(저자)의 열정적인 강의가 책 속에 고스란히 녹아있는 것 같습니다. 앞으로 세상을 살아가면서 힘든 일이 생기거나 부정적인

생각이 들 때, 두고두고 읽으면 좋을 것 같다는 생각이 들었습니다.

"이 책을 군대에서 고생하는 남자친구에게 선물해야겠다"

나는 자기 계발서를 별로 좋아하지 않는다. 저자는 나와 다른 삶을 살았고, 그 속에서 다른 깨달음을 얻었기에 나에게 적용시키기에는 무리가 있다고 생각했기 때문이다. 그런데 이 책은 달랐다. 그동안 가치 있는 내 젊음을 어디에 투자할지 몰라서 항상 내 손에만 꽁꽁 쥐고 있었는데 이 소중한 책을 읽고 마음껏 투자하기로 마음먹었다. 이 책을 군대에서 고생하는 남자친구에게 선물하려고 한다. 재미있고 유익하다고 느낀 이 책을 사랑하는 사람과 함께 나누고 싶기 때문이다. 군대에서 전역하기 전에 삶에 대해 한 번 더 크게 생각해볼 수 있는 시간이 될 것 같아서…….

"행복해지려면 무엇이 필요한지에 대한 답을 준 책!"

인생을 고민하는 시기에 때마침 적절한 책을 읽어 마음이 부자가 된 느낌이다. 나는 줄곧 행복이란 무엇인가에 대해 생각해 왔다. 사람이 행복해지려면 무엇이 필요하며, 그 기준은 무엇인가? 이에 대한 답은 나에게 있음을 이 책은 나에게 말해주는 것 같았다. 적절한 시기에 나에게 인생의 길을 열어준 이 책에 대해 감사를 표한다.

"인생이라는 회사의 경영법을 배우는 좋은 경험이 되었다"

이 책을 단순히 자기 계발서로만 읽지 않기로 했다. 내가 인생을 살면서 어떤 일을 하든, 당장 내년, 다음 달, 내일을 살아갈 때 인생을 어떻게 살지 고민하며 내 인생을 경영하는 '인생경영 지침서'로 삼고 싶었다. 이 책을 모두 읽고 나서 내가 살아온 방향과 속도에 대해서 고민하게 되었다. '지금까지 내가 의미 있는 삶을 살았는지, 후회하지 않을 오늘을 살았는지'라는 생각도 들었다. 인생이라는 회사의 경영법을 배우는 좋은 경험이 되었다. 아! 이것이 책의 힘인가!

"해답을 주는 것이 아닌 해답을 찾는 방법을 알려주는 책!"

허황되고 부풀려진 책보다 성공의 디테일이 숨겨져 있는 책. 이 책은 우리가 알고 있지만 행동하지 않는 것들에 대해서 세심하게 서술하거나 경험을 통해 말해줌으로써, 알지만 행동하기 어려운 것들을 다시 느끼게끔 상기시킨다. 따라서 나는 이 책에 대해 설명한다면 다른 계발서와 다르게 '해답을 주는 것이 아닌 해답을 찾는 방법을 알려주는 책'이라고 말할 것이다.

"그간 이 책 안에 아름다운 꽃이 담겨있는 줄을 모르고 있었다"

선물 받은 책이라서 그런가? 그저 그런 내용이겠지……. 아무 대가 없이 주어진 책이라서 책을 펴보고자 하는 마음이 동하지 않았다. 한참을 처박아두었던 책. 그런데 이 책 안에 아름다운 꽃이 담겨있는 줄을 모르고 있었다. 좀 더 일찍 발견했더라면 더 예쁜 꽃으로 가꿀 수 있었을 것이다. 다만 시들기 전에 발견할 수 있었기에 다행일 따름이다. 이 책을 읽으며 이러한 나의 생각을 반성하게 되었다.

"나의 생각이 부끄러운 것임을 배울 수 있었다"

이 책은 어떤 노력과 배움 없이 얻어낸 것을 성공이라 하지 않으며, 겸손하지 못하고 교만하게 자랑하는 사람을 성공한 사람이라고 하지 않았다. 난 그저 어려움을 겪기만 했을 뿐이지, 그 어려움에 맞서 어떤 노력을 하고 무언가를 배우면서 이룬 것도 없으면서, 그저 나의 이 알량한 경험을 자랑하려고만 했기에 성공한 사람이라 할 수 없는 것이다. 오히려 이 책을 읽었기에 나의 생각이 부끄러운 것임을 배울 수 있었다.

"이 책에서 배운 자신감으로 취업 면접을 준비해야겠다"

저자의 책을 읽으면서 하나의 목표 그리고 꿈이 생겼다. 누군가에게는 작게 느껴질 수 있지만, 현재의 나에 만족하고 안주하기보다는 나를 믿고 한 번 더 도전해보려 한다. 저자는 말한다. "인생에서 고난과 역경을 마주하더라도 포기하지 않고 맞서 싸운다면 위기를 기회로 만들 수 있을 것"이란 말이 기억난다. 사람들 앞에서 이야기하는 것을 정말 싫어하는 나이지만, 이 책에서 배운 자신감으로 취업 면접을 준비하고 더 성장할 수 있는 좋은 계기가 된 것 같아 기분 좋다.

"가슴에 와 닿는 글들이 너무 많아 결국 단숨에 다 읽었다"

저자의 책을 구입해 도서관 사물함에 넣어두었다. 한참 만에 책을 꺼내 들었다. 한 줄 한 줄 읽어 내려가다 보니 가슴에 와 닿는 글들이 너무 많아 결국 단숨에 다 읽고 저자의 블로그까지 들어가 구경을 하게 되었다. 이 책은 자유로운 수필 형식의 글에서 느껴지는 저자의 생각에 대해 나도 같이 생각해볼 수 있었고 공감하기도 하면서 시간 가는 줄 모르고 다 읽게 되었다.

"태도, 습관, 마음가짐 등을 바꿀 수 있도록 큰 도움을 주었다"

나는 남들보다 성공하고자 하는 욕구가 큰 사람이었고, 어렸을 때부터 수많은 자기 계발서를 읽는 것을 선호했다. 다양한 자기 계발서를 읽어봤지만 내가 읽어본 책들 중 가장 좋았던 것 같다. 기존의 자기 계발서는 굉장히 이상적인 큰 그림을 제시한다면 이 책은 스스로의 태도부터 습관, 마음가짐 등 소소한 것들을 바꿀 수 있도록 큰 도움을 주었다. 대학을 졸업하고 여유로워질 때 다시 한 번 이 책을 꺼내 읽어볼 예정이다.

"삶의 지혜와 열정의 에너지를 나눠주는 듯한 인상을 받았다"

대학 졸업이 가까워지니 삶의 태도에 대한 생각도 많아지고, 미래에 대한 고민도 많아지는 때에 이 책을 읽고 느끼는 바가 매우 많았습니다. 책을 읽으면서 메모하는 습관의 중요성도 다시금 생각하게 되었는데 이 책이 마침 시집처럼 느껴졌기 때문입니다. 하루하루 생각하고 느낀 것을 모아두었다가 책으로 엮은 느낌을 받았습니다. 이 책은 나에게 삶의 지혜와 열정의 에너지를 나눠주는 듯한 인상을 받았습니다. 감사드립니다.

"책을 읽으며 나의 태도와 안일했던 지난날에 대해 반성하게 되었다"

저자는 포기, 좌절, 원망 이 세 가지는 버려야 할 단어라고 책에서 말씀하셨다. 나는 아직도 세 가지 중 하나도 못 버린 것 같다. 쉽게 포기해 왔고, 쉽게 좌절해 왔고, 변명하며 원망하는 삶을 살아온 것 같다. 책을 읽으며 나의 태도와 안일했던 지난날에 대해 많이 반성하게 되었다.

"나만의 실패 극복 노하우를 찾는, 그런 삶을 살고 싶다"

각 소재의 내용이 짧고 임팩트 있게 작성되어 부담 없이 읽을 수 있는 책이었다. 살면서 5년 주기로 읽었을 때, 그때마다 책의 내용이 다르게 읽힐 수 있겠다 생각했다. 어젠가 예측할 수 없는 위기가 찾아와 신패의 경험을 겪기도 할 것이다. 그때 이 책의 내용보다 더 발전시킴으로써 나만의 실패 극복 노하우를 찾고 힘들어도 웃을 수 있고, 극복함으로써 잘 견딘 자신을 돌아보며 칭찬도 하고 떳떳하고 자신 있는 그런 삶을 살고 싶다.

"앞으로 주저하지 않고 더 나아가기로 마음을 굳혔다"

이 책을 읽고 용기를 많이 얻었다. 그리고 하고픈 일에 더 도전하고 싶은 욕망이 생겼다. 내용이 다 기억은 안 나지만 어쨌든 결론은 도전을 두려워하지 않고 자만하지 않으며, 나만의 정도를 찾아 묵묵히 가면 거기에 성공이 있을 거라는 것을 배울 수 있었다. 난 앞으로 주저하지 않고 더 나아가기로 이 책을 읽고 마음을 굳혔다.

"아버지의 편지를 받았을 때 느꼈던 감정처럼 가슴이 울렸다"

"사랑하는 내 아들아, 이 아버지는 가난과 싸우느라, 성공을 쫓느라 주위를 둘러보지 못하고 살아왔다. 이제 너희는 가난과의 싸움이 아닌 '사회를 유익하게, 이웃을 따뜻하게' 하는 마음으로 인생을 살아다오. 아빠는 그간의 소원인 이 한마디를 하기 위해 여태껏 달려왔구나." 저자의 글을 읽으며 태어나 처음으로 책을 읽다 울컥한 순간이다. 마치 아버지의 편지를 받았을 때 느꼈던 감정처럼 가슴이 울렸다. 책을 읽으며 과거의 저를 돌아보고, 현재의 저를 채찍질하고, 미래의 나에게 계속 전해야 할 내용으로 꽉 채워진 느낌이다.